FUSION FANTASTIC STORY
천성민 장편 소설

짐승의 규칙 2

천성민 장편 소설

초판 1쇄 찍은 날 § 2013년 11월 27일
초판 1쇄 펴낸 날 § 2013년 12월 4일

지은이 § 천성민
펴낸이 § 서경석

편집부장 § 권태완
편집책임 § 박은정
디자인 § 이거일

펴낸곳 § 도서출판 청어람
등록번호 § 제1081-1-89호
등록일자 § 1999. 5. 31
어람번호 § 제1-1722호

주소 § 경기도 부천시 원미구 심곡2동 163-2 서경B/D 3F (우) 420-822
전화 § 032-656-4452 팩스 § 032-656-4453
http://www.chungeoram.com
E-mail § chungeorambook@daum.net

ISBN 978-89-251-3585-4 04810
ISBN 978-89-251-3583-0 (세트)

FUSION FANTASTIC STORY

천성민 장편 소설

짐승의 규칙

2

재회의 장

도서출판 청어람

CONTENTS

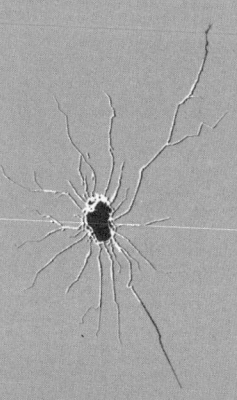

Rule *01*

악마의 가루

※이 책 속에 나온 인명·지명·단체명은 작가의 허구입니다. 실제 인명·지명·단체명과 관련이 없음을 밝힙니다.

정찬혁은 상반신을 드러낸 채 눈앞의 전신 거울을 가만히 바라보았다. 상반신을 물들인 검은 기운이 일렁였다.

아주 조금이지만 이전보다 줄어든 것 같았다. 한참을 가만히 거울에 비친 자신의 모습을 바라보던 정찬혁은 나직이 한숨을 내쉬며 셔츠를 걸쳤다.

마지막 단추를 잠그는 순간, 신유진이 문을 벌컥 열고 들어왔다.

"뭐해요? 빨리 나오지 않고."

"무슨 일이냐?"

"지금 손님이 얼마나 왔는데 아직도 이러고 있는 거예요?"

신유진의 재촉에 정찬혁은 고개를 갸웃했다. 신유진은 그대로 정찬혁의 손을 잡아끌고 밖으로 나갔다.

웅성거리는 소리가 귓가에 들려왔다. 준비실을 나서자 손님이 가득한 카페가 보였다.

"이건……?"

한 번도 보지 못한 낯선 광경에 정찬혁은 고개를 갸우뚱거렸다. 어느새 옆에 다가온 신유진이 입을 열었다.

"이쪽 일도 소홀히 할 생각은 조금도 없어요. 예전처럼 했다간 한 달도 안 돼서 망해 버릴 거라고요. 제가 있는 한, 그런 꼴은 절대 못 보죠. 암!"

정찬혁은 장난기 어린 미소를 짓고 있는 신유진을 가만히 바라보았다. 때마침 자리에 앉은 여성 손님이 손을 들었다.

"여기! 주문은 언제 받아요?"

"예! 지금 갑니다!"

대답과 함께 신유진이 정찬혁을 살짝 스쳐 지나치며 어깨를 툭 쳤다. 신유진의 낮은 음성이 귓가로 조용히 흘러들었다.

"뭐해요? 빨리 준비하지 않고."

가만히 신유진의 뒷모습을 바라보던 정찬혁은 피식 미소를 지으며 천천히 제자리를 찾았다. 은은한 커피 향이 코끝을 자극해왔다.

　"여기 아메리카노 두 잔, 주문 받았습니다!"

　신유진의 낮은 외침이 귓가에 들려왔다.

　정찬혁은 여느 때처럼 무표정한 얼굴로 주문 받은 커피를 만들기 시작했다.

　저녁 늦은 시간이 다 되어서야 카페가 한가해졌다. 사실 손님이 그리 많은 것은 아니었지만 테이블이 꽉 차 있던 적은 한 번도 없었다. 때문에 정찬혁은 정신없이 커피를 만들어야 했다.

　"후우. 차라리 적과 싸우는 게 더 쉬울 것 같군."

　나직이 한숨을 내쉬며 정찬혁은 자리에 털썩 앉았다. 몸이 피곤한 것은 아니었지만 왠지 모르게 지친 것 같았다.

　막 신유진이 문을 잠그고 다가왔다. 순간 정찬혁은 심장의 통증을 느끼고 짧은 신음을 토해냈다.

　"큭!"

　매번 있는 일이었지만 통증이 익숙해지는 일은 없었다. 식은땀이 이마를 흠뻑 적셨다.

　신유진이 걱정스러운 표정으로 다가와 정찬혁의 어깨에

손을 얹었다. 따듯한 기운이 몸속으로 흘러드는 것 같았다. 아주 조금이지만 통증이 완화되었다.

"괜찮아요, 찬혁 씨?"

대답할 여력이 없었다. 정찬혁은 인상을 찌푸린 채 고통을 감내했다.

얼마 지나지 않아 통증이 점점 잦아들었다. 정찬혁은 나직이 한숨을 내쉬며 이마를 흠뻑 적신 식은땀을 훔쳤다. 그러다 문득 잊고 있던 것이 떠올랐다.

"그러고 보니……."

"왜요?"

자신을 향한 정찬혁의 시선에 신유진은 고개를 갸웃했다. 정찬혁의 입이 천천히 벌어졌다.

"지난번에 악마의 기운을 지닌 자와 마주했을 때, 이상하게도 심장의 통증이 느껴졌었다. 아직 시간이 되지 않았는데도 말이다. 어떻게 된 건지 알 수 있겠나?"

"그게 정말이에요?"

휘둥그레진 눈으로 신유진이 반문했다. 정찬혁의 의문에 신유진은 오히려 자신이 더 놀라는 기색이었다.

정찬혁은 대답 대신 가만히 고개를 끄덕였다. 놀람을 진정시킨 신유진은 골똘히 생각에 잠겼다. 이내 신유진이 천천히 입을 열었다.

"이건 추측일 뿐이지만… 아무래도 악마의 기운과 찬혁 씨의 몸에 있는 죄의 파편이 동조 현상을 일으킨 것 같아요. 동류의 기운이니 반응을 한 것이겠죠."

"처음의 한 번뿐이었다. 그 후에는 마주해도 아무런 통증도 느껴지지 않더군."

"흐음……. 첫 동조 현상 이후에는 통증이 없었다는 거죠?"

정찬혁은 가만히 고개를 끄덕였다. 신유진은 무언가 흥미롭다는 듯 빙긋 미소를 지으며 말을 이었다.

"조금 연구해 봐야 정확히 알아낼 수 있을 것 같군요. 하루만 시간을 주세요. 설마 그사이에 무슨 일이 생기진 않겠죠."

"그러지."

천천히 몸을 일으킨 신유진은 정찬혁에게 다가가 가슴 언저리에 손을 얹었다.

저도 모르게 뒤로 물러나려던 정찬혁은 따스한 기운이 몸속으로 흘러들자 가만히 멈춰 섰다. 이내 신유진이 천천히 입을 열었다.

"우선은 제 기운으로 봉인을 해뒀으니까 당분간은 괜찮을 거예요. 그래도 안심할 수는 없으니까 최대한 빨리 원인을 찾아볼게요."

"그러는 게 좋을 것 같군."

고개를 끄덕이며 정찬혁은 천천히 몸을 일으켰다. 돌아선 정찬혁은 준비실 문을 열고 안으로 들어갔다.

그 뒷모습을 가만히 지켜보던 신유진은 나직이 한숨을 내쉬며 중얼거렸다.

"전혀 예상하지 못한 일이 생기다니. 이거 참 곤란하네. 뭐, 그래도 아무 일도 없는 것단 좀 덜 심심하려나?"

천천히 몸을 일으킨 신유진은 빙긋 미소를 지으며 불을 끄고 카페를 나섰다.

힐끗 어둠이 내린 카페를 바라본 신유진은 이내 근처에 있는 자신의 원룸으로 천천히 걸음을 옮기기 시작했다.

*   *   *

사내는 잔뜩 몸을 움츠린 채 주위를 휘휘 둘러보았다. 사내의 모습은 호리호리한 체구에 볼이 쑥 들어가 핼쑥해 보이고, 눈이 움푹 들어간 데다 다크써클이 진했다.

얼마나 오래 입은 것인지 여기저기 헤진 낡은 재킷도 눈에 띄었다. 안 그래도 눈에 띄는 인상인데 주위를 경계하듯 힐끔거리는 것이 더욱 수상쩍어 보였다.

몇몇 사람이 사내의 행동에 이상하다는 듯 잠시 눈길을 줬다. 하지만 이내 시선을 돌리고 제 갈 길을 찾아 걸음을 옮겨갔다.

사내는 여전히 두리번거리며 주위의 눈치를 살폈다. 한참 동안 인파를 헤치고 이리저리 오가던 사내는 누가 쫓아올세라 쓰레기가 쌓여 있는 구석진 골목으로 후다닥 달려 들어갔다.

"여어, 늦었군."

사람이 거의 보이지 않는 골목의 구석까지 닿았을 무렵, 사내의 귓가에 낮은 음성이 들려왔다.

사내는 놀란 얼굴로 휙, 하고 음성이 들려온 방향으로 고개를 돌렸다.

언제 나타난 것인지 뱁새눈을 한 야비한 인상의 갈색 머리 사내가 씨익 미소를 지으며 다가왔다.

사내는 파르르 떨리는 손을 뱁새눈 사내에게 뻗으며 말했다.

"야, 약은……? 빠, 빨리……."

사내의 말은 제대로 이어지지 않았다. 혀가 꼬인 것인지 손처럼 입술이 바들바들 떨렸다.

뱁새눈 사내는 입꼬리를 말아 올리며 천천히 입을 열었다.

"이거야 원. 오는 게 있어야 가는 게 있는 거 아닌가? 지금까지 몇 번이나 거래를 했으면서도 그런 중요한 걸 깜빡하고 그러시나?"

뱁새눈 사내는 엄지와 검지를 마주해 원을 만들어 보였
다. 사내는 품속을 뒤져 지폐 몇 장과 동전 몇 개를 꺼내 뱁
새눈 사내에게 내밀었다.

뱁새눈 사내의 미간이 찌푸려졌다.

"뭐야? 겨우 이걸로 물건을 달라고? 나는 무슨 땅 파서
장사하는 줄 아나! 앙!"

뱁새눈 사내는 버럭 소리치며 사내의 손을 후려쳤다. 지
폐가 흩날리고 동전이 바닥을 뒹굴었다.

사내는 크게 당황하며 바닥에 떨어진 지폐와 동전을 긁
어모았다. 그리곤 돌아서서 걸음을 옮기기 시작한 뱁새눈
사내의 다리를 붙잡았다.

"야, 약을……! 제발……!"

뱁새눈 사내는 왈칵 인상을 찌푸리며 자신의 다리를 잡
은 사내를 뿌리치려 했다.

하지만 워낙에 강하게 잡은 탓에 제대로 떨쳐 낼 수 없었
다. 오히려 사내의 손톱이 뱁새눈 사내의 다리를 피가 배어
나올 정도로 강하게 짓눌렀다.

뱁새눈 사내는 미간을 크게 찌푸린 채 사내를 짓밟았다.

"이거 안 놔! 어디 돈도 한 푼 없는 약쟁이 새끼가! 어서
놓으라고 망할 자식아!"

"우욱!"

뱁새눈 사내의 발길질은 정확히 사내의 가슴 부근을 후려쳤다.

사내는 순간 숨이 막힌 듯 짧은 신음을 토해냈다. 뱁새눈 사내의 다리를 잡고 있던 손에 힘이 빠져 나갔다.

뱁새눈 사내는 기분 나쁘다는 듯 인상을 찌푸린 채 쓰러진 사내에게 침을 뱉었다.

"에이, ×발! 재수 없으려니까. 퉤엣! 다음에 연락하려면 확실하게 돈을 가지고 오라고!"

뱁새눈 사내는 쓰러진 사내의 옆구리를 후려치고는 그대로 돌아섰다.

주머니에 손을 쑤셔 넣은 뱁새눈 사내는 가래침을 뱉으며 어딘가로 걸음을 옮기기 시작했다.

쓰러진 사내는 낮은 신음을 흘리며 몸을 부들부들 떨었다. 멀어져 가는 뱁새눈 사내에게 손을 뻗어 보았지만 닿을 리가 없었다.

"으, 으으……!"

사내의 손이 눈에 띄게 부들부들 떨려왔다. 손만이 아니라 온몸이 심하게 떨렸다.

뱁새눈 사내에게 얻어맞은 통증 때문이 아니었다. 마치 알코올 중독자의 금단증상 같았다.

안 그래도 창백한 사내의 얼굴이 더욱 새파랗게 질려갔다. 사내는 몸을 일으키지도 못하고 쓰러진 채로 한참 동안이나 온몸을 덜덜 떨며 신음을 토해냈다.

한참의 시간이 지나서야 떨림이 잦아들었다. 사내는 천천히 몸을 일으켰다.

사내의 모습은 조금 전과는 달라져 있었다. 햄쑥하던 얼굴은 더욱 햄쑥해졌다.

뱁새눈 사내의 발길질로 낡은 재킷은 군데군데 찢어져 있었다.

가장 많이 변한 것은 눈빛이었다. 반쯤 죽어가던 어두운 눈빛이 기이하게 번뜩이고 있었다. 사내는 비틀비틀 걸음을 옮기기 시작했다.

"도, 돈이… 돈이 필요해!"

무언가에 홀리기라도 한 듯 중얼거리며 사내는 천천히 골목을 나섰다.

커피 원두가 들어 있는 커다란 종이봉투를 든 채 정찬혁은 걸음을 옮기고 있었다.

전에 없이 손님이 많아진 탓에 원두가 금방 떨어져서 대량으로 사오는 길이었다.

원두 가게에 갈 때에는 신유진이 함께였지만 나올 때는

어디로 사라져 버렸는지 보이지 않았다.

그래도 근처에 있을 터라 별 신경 쓰지 않고 정찬혁은 걸음을 옮겨갔다.

"응? 이 기운은?"

문득 정찬혁의 눈에 희미한 검은 기운이 보였다. 분명 신유진이 말하던 악마의 기운이었다.

정찬혁은 그 자리에 멈춰 선 채, 기운의 자취를 쫓았다. 10여 미터 떨어진 곳에 있는 초라한 차림의 사내가 검은 기운을 흘리고 있었다.

조금씩이지만 점점 검은 기운이 짙어지는 것으로 보아 무슨 일을 벌일 것 같았다.

정찬혁은 빠른 걸음으로 사람들 사이를 지나 사내에게 다가갔다.

정찬혁이 막 사내의 바로 뒤에 닿았을 무렵, 사내가 낡고 찢어진 재킷 주머니에 넣고 있던 손을 천천히 꺼냈다.

사내의 손에 들린 무언가가 번쩍, 하고 햇빛이 반사되어 정찬혁의 눈을 어지럽혔다.

순간 사내의 파르르 떨리는 낮은 음성이 귓가에 흘러들었다.

"돈이… 야, 약을 사려면 돈이 필요해."

무언가에 홀린 듯 중얼거리는 사내의 음성에서 미약한

살기가 느껴졌다.

정찬혁은 본능적으로 사내를 향해 손을 뻗었다. 낮은 파육음과 함께 사내의 손에 들린 번뜩이는 날붙이가 정찬혁의 손을 꿰뚫었다.

검게 변한 피가 주룩 하고 칼날을 타고 떨어져 내렸다. 사내는 찢어질 듯 치켜뜬 눈으로 천천히 고개를 돌렸다.

칼이 손바닥을 뚫고 손등으로 튀어 나왔음에도 정찬혁은 아무런 통증도 느끼지 못했다.

그저 살짝 미간을 찌푸리며 자신을 향해 고개를 돌린 사내와 눈을 마주했을 뿐.

"꺄악!"

"뭐, 뭐야? 무슨 일이지?"

마침 옆을 지나던 여성이 바닥에 떨어진 검붉은 피와 정찬혁의 손을 꿰뚫은 칼날을 보고 비명을 질렀다.

길을 가던 다른 사람들도 무슨 일인가 싶어 웅성거리며 주위로 모여들었다.

"이런!"

사람들이 모이자 정찬혁은 낭패라는 듯 혀를 찼다. 거무죽죽하게 죽어가던 사내의 눈빛이 순간 날카롭게 빛났다.

어디서 기운이 난 것인지 사내는 놀랄 만한 힘으로 정찬혁의 손을 뿌리쳤다.

검은 피가 촤악, 하고 허공에 뿌려졌다. 사내는 살기 어린 흉흉한 눈빛을 발하며 칼을 휘둘렀다.

"돈! 돈이 필요하단 말이다아아ー!"

"꺄악!"

"우, 우아앗!"

주위에 모인 사람들이 비명을 지르며 물러났다. 하지만 이미 광기로 눈이 뒤집힌 사내는 눈치채지 못하고 제자리에서 칼을 이리저리 휘두를 뿐이었다.

정찬혁이 나직이 한숨을 내쉬며 사내에게 다가갔다. 사내의 칼이 정찬혁의 가슴 어림을 스쳤다.

옷이 찢어지고 조금씩 검은 피가 배어 나오기 시작했다. 하지만 정찬혁은 눈 하나 깜짝하지 않고 가만히 서서 칼을 든 사내의 손목을 꽉 움켜쥐었다.

"이 정도면 충분하지 않나?"

정찬혁의 낮은 음성에 사내는 멈칫했다. 이내 온몸을 부들부들 떨더니 사내는 칼을 놓고 힘없이 축 늘어져 버렸다.

낮은 금속성과 함께 칼은 보도블록에 튕겨 바닥에 떨어졌다.

정찬혁은 쓰러지는 사내를 급히 부축해 일으켰다. 사내는 흰자위를 보인 채 거품을 물고 있었다.

"야, 약……. 약이 필요해……."

이미 혼절해 버렸음에도 사내는 잠꼬대라도 하듯 중얼거리고 있었다.

정찬혁은 사내를 부축한 채 천천히 몸을 일으켰다. 주위에 모여 웅성거리던 사람들은 힐끔힐끔 눈치를 보며 정찬혁의 시선을 피했다.

정찬혁은 천천히 주위를 둘러보았다. 정찬혁과 눈이 마주친 사람들은 움찔하며 모른 척 자리를 피했다.

이내 주위에 모여 있던 사람들은 모두 흩어져 버렸다. 혹시라도 휘말렸다가는 골치 아픈 일이 생길 것 같아서였다.

쓸쓸한 미소를 지으며 정찬혁은 사내를 거의 업다시피 한 채로 천천히 걸음을 옮기기 시작했다.

이내 사람들은 언제 그랬냐는 듯 다시 가던 길을 갔다. 바닥에 떨어진 피 묻은 칼은 사람들의 무관심을 말해주는 듯 오가는 발에 짓밟혔다.

딸랑, 하는 종소리에 신유진이 빙그레 미소를 지으며 천천히 고개를 돌렸다.

"왜 이렇게 늦어요? 한참 기다… 엇? 그건 누구예요?"

무어라 타박하려던 신유진은 정찬혁의 어깨에 거의 매달려 있는 사내를 발견하고는 놀란 눈으로 물었다. 정찬혁은 고개를 으쓱하며 입을 열었다.

"글쎄. 오다가 우연히 만났다."

정찬혁은 사내를 자리에 조심스레 앉혔다. 사내는 여전히 정신을 잃은 채로 무어라 중얼거리고 있었다.

고개를 갸웃하며 사내를 본 신유진의 눈이 커졌다. 처음보다 많이 희미해지긴 했지만 악마의 기운을 본 탓이었다.

"설마!"

신유진이 놀란 눈으로 정찬혁을 바라보았다. 정찬혁은 대답 대신 고개를 끄덕였다.

신유진은 천천히 다가가 사내를 가만히 바라보았다. 얼마나 고생을 한 것인지 뼈가 드러날 정도로 초췌해 보이는 얼굴에, 움푹 들어간 눈자위, 짙은 다크써클, 아무렇게나 자란 더벅머리가 노숙자를 연상케 했다.

"야, 약…… 약이 필요해."

잠꼬대 같은 사내의 말에 신유진의 눈썹이 꿈틀했다. 병색이 완연해 보이는 이유를 쉽게 짐작할 수 있었다.

마약.

처음에는 강렬한 유혹으로 시작해 사람의 정신을 서서히 무너뜨리는, 인간이 만들었지만 악마의 미약이라고 해도 될 정도의 것이었다.

이미 정신을 잃고 있음에도 쉬지 않고 찾는 것이었으니 그 중독성은 상상 이상이라 할 수 있었다.

신유진은 굳은 얼굴로 사내의 어깨에 손을 뻗었다. 정찬혁을 되살리느라 대부분의 기운을 소모하긴 했지만 약간이나마 사내의 몸을 회복시킬 수는 있었다.

신유진의 기운이 몸속으로 흘러들자 사내는 편안한 표정으로 깊이 잠들었다.

"생각보다 빨리 다음 일거리가 생겼네요."

신유진은 천천히 정찬혁에게 고개를 돌리며 말했다. 정찬혁은 무표정한 얼굴로 가만히 고개를 끄덕였다.

"역시."

정찬혁은 그대로 돌아서서 문을 잠그고 천천히 말을 이었다.

"당분간은 휴업이로군."

신유진은 피식 미소를 지으며 고개를 끄덕였다. 그러다 문득 무언가 생각난 듯 불쑥 질문을 던졌다.

"그런데… 원두는 어디 있어요?"

"음?"

예상치 못한 질문에 정찬혁은 순간 움찔했다. 그제야 원두를 깜빡하고 그 자리에 놓고 온 것이 떠올랐다. 정찬혁은 아무렇지도 않은 듯 대답했다.

"깜빡했군. 저자를 부축해 오느라 그 자리에 두고 온 것 같다."

"뭐라구요? 깜빡했다고요! 그게 얼마짜린데! 어디다 놓고 온 거예요? 지금 당장 찾으러 가요!"

신유진은 눈에 쌍심지를 켜고 정찬혁에게 바짝 다가왔다. 무심한 얼굴로 신유진과 눈이 마주친 정찬혁은 고개를 내저었다.

"벌써 시간이 많이 지났다. 지금 가봤자 찾을 수 없을 거다."

"이익! 그래도 혹시 모르니까 빨리 가봐요! 어서요!"

신유진의 재촉에 정찬혁은 저도 모르게 잠근 문을 열고 밖으로 나갔다.

싸늘한 바람이 머리칼을 흩날렸다. 추위는 느껴지지 않았지만 정찬혁은 길게 한숨을 내쉬며 왔던 길을 되짚어 가기 시작했다.

카페 안에서 멀어져 가는 정찬혁의 뒷모습을 가만히 바라보던 신유진은 피식 미소를 지으며 중얼거렸다.

"그럼 어디 시작해 볼까?"

신유진은 깊이 잠든 사내의 머리에 손을 얹고 조용히 눈을 감았다.

사내의 기억이 신유진의 머릿속에 조금씩 흘러들어오기 시작했다.

*　　　*　　　*

"3101번! 면회다."

교도관의 무감정한 음성에 조병우는 천천히 고개를 들었다.

철컹, 하고 문이 열리는 소리와 함께 빛이 쏟아졌다. 너무 눈이 부셔 손을 들어 빛을 가렸다. 어느새 자신의 좌우에 교도관이 달라붙어 몸을 일으켰다.

조병우는 교도관의 손에 이끌려 면회실로 향했다. 세 평 남짓한 면회실은 가운데의 강화유리를 사이에 두고 쇠창살이 반으로 나누고 있었다.

"면회 시간은 30분이다. 쓸데없는 대화나 폭력적인 행동은 삼가도록."

감정이 느껴지지 않는 기계적인 교도관의 음성이 귓가로 흘러들었다.

조병우는 아무런 대꾸도 하지 않았다. 교도관이 조병우의 등을 밀었다.

비틀거리며 면회실로 들어간 조병우는 간신히 몸의 균형을 잡았다. 고개를 들자 강화유리 건너편에 있는 면회객의 얼굴이 눈에 들어왔다.

"검사님?"

자신을 감옥에 처넣은 장본인, 한윤철이었다. 조병우는 나직이 한숨을 내쉬며 천천히 돌아섰다.

　"이미 재판은 다 끝나지 않았습니까. 더 이상 할 얘기는 없습니다, 검사님."

　"재판 얘기를 하러 온 게 아닙니다."

　막 면회실을 나서려는 조병우는 한윤철의 말에 멈칫하고 고개를 돌렸다.

　한윤철은 말없이 조병우와 시선을 마주했다. 조병우는 천천히 다가와 한윤철의 맞은편에 앉았다.

　"그래, 무슨 얘길 하고 싶으신 겁니까?"

　한윤철은 씨익 미소를 지으며 조병우에게만 들리도록 조용히 속삭였다.

　"구룡회."

　"무슨 말씀을 하시는 건지 잘 모르겠군요."

　"딴청 부리셔도 소용없습니다. 서린 종합병원이 구룡회의 자본으로 만들어졌다는 것쯤은 이미 조사가 끝났으니까요."

　"그건⋯⋯."

　조병우는 고개를 숙이며 말꼬리를 흐렸다. 한윤철은 피식 미소를 지으며 말을 이었다.

　"이번 사건⋯ 병원이 주도한 장기 밀매로 종결되긴 했지만 제 추측으로는 더 큰 배후가 있을 겁니다. 아마도 구룡회겠지요. 전 세계적인 밀매 루트를 유지할 만한 세력은 그리 많지 않습니다. 아닙니까?"

조병우는 아무런 대답도 하지 않았다. 아니, 아무 말도 할 수 없었다.

한윤철의 추측은 거의 진실에 가까웠다. 구룡회의 수많은 불법적인 사업 중 하나가 장기 밀매였으니.

하지만 조병우는 그 사실을 말할 수 없었다. 자신의 주도하에 의료사고를 일으키고, 시체를 빼돌려 장기 밀매를 해왔다는 사실을 자백한 것도 지금은 도저히 이해가 안 가는 행동이었다.

무언가에 홀리기라도 했던 것일까. 한윤철에게 체포되기 전 두어 시간 정도가 무슨 일이 있었던 것인지 도무지 생각나지 않았다.

분명 한윤철을 잡아두고 무언가를 하려고 했던 것 같은데, 정신을 차리고 보니 체포된 채 자백을 하고 있었다.

그나마 다행인 것은 구룡회에 대한 것은 조금도 얘기하지 않았다는 것이었다.

모든 것을 다 자백하지는 않았지만 자신 때문에 사업 하나가 타격을 받은 이상, 구룡회에서 조병우를 그냥 내버려두지는 않을 터였다.

차라리 감옥에 있는 편이 오히려 더 안전할 수도 있다는 생각에 조병우는 재판에서 자신을 변호하지 않고 죄를 순순히 인정했다.

"이미 다 자백했으니 더 이상 할 얘기는 없습니다. 이제 찾아오지 마십시오, 검사님."

말을 마친 조병우는 천천히 몸을 일으키며 돌아섰다. 뒤따라 한윤철이 일어나며 다급히 소리쳤다.

"자, 잠깐!"

하지만 조병우는 돌아보지 않고 그대로 면회실 입구로 걸음을 옮기며 교도관에게 말했다.

"면회 끝났습니다, 교도관님."

철컹, 하고 면회실의 강철 문이 열리자 조병우는 그대로 성큼성큼 걸어 나갔다.

한윤철은 다시 조병우를 불러 세우려 했지만 이미 문은 닫히고 난 후였다.

한윤철은 저도 모르게 길게 한숨을 내쉬며 그 자리에 풀썩 주저앉았다.

"젠장!"

조병우는 교도관과 함께 자신의 감방으로 돌아왔다. 교도관이 문을 잠그고 돌아가자 조병우는 저도 모르게 한숨을 내쉬었다.

"누가 면회를 왔기에 그리 한숨을 쉬는 거요?"

귓가에 들려온 낮은 음성에 조병우는 움찔했다. 자신과 감방을 같이 쓰는 자들은 모두 노역을 나가 있는 시간이었다.

조병우는 놀란 눈을 한 채 목소리가 들려온 방향으로 천천히 고개를 돌렸다.

처음 보는 젊은 사내가 팔베개를 하고 침대에 누워 있었다. 사내와 눈이 마주친 순간 이상하게도 몸이 떨려왔다.

자신을 바라보는 사내의 날카로운 눈빛이 왠지 모르게 두려웠다. 어디선가 비슷한 눈빛을 가진 자를 만난 적이 있는 것만 같았다.

"누, 누구냐?"

조병우는 저도 모르게 떨리는 음성으로 입을 열었다. 사내는 피식 미소를 지으며 천천히 침대에서 몸을 일으켰다.

사내는 균형 잡힌 건장한 체격에 키가 조병우보다 손가락 두 마디 길이 정도 더 컸다.

그리 큰 차이는 아니었지만 사내의 그림자가 자신에게 길게 드리우자 조병우는 저도 모르게 어깨를 움츠리며 고개를 돌렸다. 마치 자신의 몇 배나 더 큰 거인의 앞에 선 것 같았다.

저벅, 저벅!

사내가 다가오는 걸음 소리가 천둥처럼 크게 들려왔다. 조병우는 어깨를 흠칫 떨며 뒷걸음질 쳤다.

하지만 굳게 닫혀 있는 문에 등이 닿았다. 더 이상은 물러날 곳도 없었다.

조병우는 눈에 띄게 몸을 떨기 시작했다. 피식 미소를 지으며 사내는 조병우의 바로 앞에 멈춰 섰다. 그리곤 천천히 상체만 움직여 조병우의 귓가에 입술을 가져갔다.

"어디까지 얘기했나?"

사내의 말은 조용했지만 조병우의 귓가에 비수처럼 날아들었다. 금세 구룡회에서 보낸 자라는 것을 알아 챈 조병우는 급히 고개를 내저었다.

"아, 아무것도 말하지 않았소. 구, 구료……! 우읍!"

조병우가 구룡회를 언급하려던 순간, 사내의 손에 날아들어 입을 막았다.

숨이 탁 막힌 조병우는 사내의 손을 뿌리치려 했다. 하지만 워낙 힘이 강해 떨치기는커녕 오히려 더욱 손이 조여 왔다.

"함부로 입을 놀리지 않는 게 좋을 거야. 배신자가 어떻게 되는지는 잘 알고 있겠지?"

조병우는 두려움이 가득한 눈으로 고개를 끄덕였다. 그

제야 사내는 천천히 조병우의 입을 막은 손을 떼어냈다.

워낙 세게 잡혀 양 볼이 붉게 변해 있었다. 하지만 조병우는 통증을 느끼지 못하고 있었다.

머릿속이 죽음의 공포로 가득 차 있었다. 사내는 천천히 돌아서서 다시 침대에 벌렁 드러누웠다.

거친 숨을 내쉬며 조병우는 그 자리에 풀썩 주저앉았다. 순간 머릿속에 사내와 비슷한 눈빛을 가진 자의 얼굴이 스쳤다.

사라진 두 시간여의 공백 중에서 유일하게 남아 있는 기억은 바로 자신을 바라보던 정찬혁의 눈빛이었다. 조병우는 저도 모르게 더듬더듬 입을 열었다.

"아, 아직 살아 있는 배신자가 있소."

조병우의 말에 사내는 놀란 눈으로 벌떡 일어났다. 구룡회를 배신한 자의 말로는 언제나 죽음이었다.

지금껏 구룡회가 생긴 후, 죽음을 피해간 배신자는 단 하나도 없었다. 그런데 아직 살아 있는 배신자라니. 사내는 믿을 수 없다는 얼굴로 조병우에게 질문을 던졌다.

"그게 누구지?"

조병우는 와들와들 어깨를 떨면서도 천천히 입을 열기 시작했다.

"그자는……."

한윤철은 거푸 한숨을 내쉬며 교도소를 빠져 나왔다. 조병우를 잘 구슬린다면 구룡회와 관련된 무언가를 얻을 수 있을 거라 생각했던 한윤철이었다.

그런데 정보를 얻기는커녕 오히려 면회 거부를 당했으니. 한윤철은 머리를 벅벅 긁으며 핸들을 강하게 꺾었다.

"젠장! 여기서 또 막히는 건가?"

갑자기 담배가 당겼다. 한윤철은 습관적으로 재킷 속주머니에 손을 넣었다. 일회용 라이터 하나만 손에 잡혔다.

그러고 보니 몇 달 전에 담배를 끊었다는 것이 생각났다. 한윤철은 쓸쓸한 미소를 지으며 라이터를 꺼내 불을 붙였다, 껐다 하며 생각에 잠겼다.

사실 한윤철의 행동은 윗선의 허락이 나지 않은 독단적인 판단에 의한 것이었다.

객관적인 자료를 토대로 서린 종합병원과 구룡회와의 관련성을 강하게 주장해 봤지만 허사였다.

사건이 더 이상 크게 확대되는 것을 달갑지 않게 여기는 윗선이었으니.

게다가 지난 몇 년간 구룡회, 아니, 재단법인 진용이 국내 경제에 끼치는 영향이 꽤나 거대해진 탓도 있었다.

추측에 불과하지만 윗선의 일부는 구룡회로부터 비자금

을 받은 자도 있을 터였다.

　본격적으로 구룡회를 수사하게 된다면 그들에게 불똥이 튈 것은 자명한 일이었다. 더 이상의 수사를 막은 것은 당연한 일이었다.

　그나마 다행인 것은 이번 장기 밀매 사건으로 인해 자신의 편이 하나 늘어났다는 것이었다.

　고향 선배이자 부장검사인 박상규였다. 3년여 전이었다면 한윤철의 추측을 무시하고 사건을 완전히 종결시켜 버렸을 것이다.

　하지만 무엇 때문인지는 모르지만 이번에는 달랐다. 충분히 근거가 있다고 말하며 윗선에 들키지 않게 은밀히 수사를 진행하라고 지시했다. 한윤철으로선 천군만마를 얻은 것이나 마찬가지였다.

　하지만 유력한 증인인 조병우의 협력을 얻지 못한 이상, 처음부터 차근차근 수사를 진행해야만 했다.

　우선은 3년 전에 자신이 개인적으로 모은 자료부터 철저히 뒤져 봐야겠다는 생각을 하며 한윤철은 엑셀을 밟았다.

　그때였다.

　삐로롱― 삐리릭!

　유아틱한 벨소리가 귓가에 들려왔다. 저도 모르게 움찔한 한윤철은 옆 좌석에 던져 놓은 휴대폰을 집어 들었다.

누가 장난으로 벨소리를 바꿔 놓은 것 같았다. 살짝 인상을 찌푸리며 한윤철은 전화를 받았다.

―한 검사님이슈?

이죽거리는 익숙한 말투, 뒷세계 정보꾼인 두더지였다. 한윤철은 여전히 인상을 찌푸린 채 천천히 입을 열었다.

"무슨 일이냐? 두더지, 네가 먼저 전화를 다 하고? 다시 연락하지 말라고 하더니?"

지난번에는 사건을 해결하기 위해 어쩔 수 없이 두더지에게 연락을 하긴 했지만 사실 그리 달갑지 않은 상대였다.

검사인 한윤철의 입장에서는 두더지도 범죄자나 마찬가지였으니.

―거참 섭섭하우. 우리가 어디 한두 해 알고 지낸 사이도 아니고. 반가워하지는 못해도 싫은 내색은 말아야 할 거 아니우?

"흰소리 그만하고. 용건이 뭐냐?"

한윤철은 나직이 한숨을 내쉬며 물었다. 두더지의 웃음기 섞인 음성이 들려왔다.

―구미가 당길 만한 정보가 하나 있수다.

돈을 많이 밝히기는 하지만 허튼소리는 하지 않는 두더지였다.

게다가 두더지의 정보망이라면 자신이 어떤 수사를 비밀

리에 하고 있는지도 알 수 있을 터였다.

두더지가 먼저 자신에게 연락을 했다는 것은 그에 관한 어떤 정보가 있다는 소리였다.

하지만 한윤철은 별 관심 없다는 듯 지나가는 투로 툭 질문을 던졌다.

"그게 뭔데?"

―클클. 관심 있으슈?

두더지의 귀에 거슬리는 웃음소리가 들려왔다.

살살 신경을 긁으며 안달 나게 하려는 두더지 특유의 수법이었다. 하지만 거기에 휘말릴 한윤철이 아니었다.

"됐다. 그냥 안 듣고 말란다."

한윤철은 그대로 통화 종료 버튼을 누르려 했다. 다급한 두더지의 음성이 터져 나왔다.

―자, 잠깐!

한윤철은 미소를 지으며 다시 휴대폰을 귀에 가져갔다.

"뭐냐?"

―거참, 성미도 급하슈. 단도직입적으로 말씀 드리겠수. 지금 한 검사님이 조용히 수사하시는 일과 관계있을지도 모르는 정보유. 사실 거유? 뭐, 그쪽 아니더라도 팔 곳은 많이 있으니 빨리 결정하슈.

은근히 으름장을 놓는 두더지였지만 이미 주도권은 한윤

철이 잡고 있었다.

한윤철은 그리 큰 관심을 보이지 않는 체하며 입을 열었
다.

"필요한 정보인지는 들어보면 알겠지. 어디로 가면 되
냐?"

―지난번에 만났던 거기로 나오슈.

"알겠다. 두 시간 후에 거기서 보자."

대답도 듣지 않고 한윤철은 전화를 끊었다.

휴대폰을 조수석에 가볍게 내던지며 한윤철은 입꼬리를
살짝 말아 올렸다.

두더지가 가진 정보가 어떤 것이든 꽤나 도움이 될 거라
는 예감이 머릿속을 스쳤다.

*　　　*　　　*

정찬혁은 무심한 눈길로 사내를 가만히 바라보았다. 아
직도 사내는 잠들어 있었다.

정신을 차리면 마약의 금단증상으로 발작을 일으킬 것이
뻔해 의자에 앉은 채로 사지를 묶어 놓았다.

금단증상을 보면 어떤 종류의 마약을 사용한 것인지 대
충이나마 알 수 있다.

마약의 종류를 알 수 있다면 어떤 밀매 루트를 통한 것인지도 짐작이 가능했다.

정찬혁이 한국에서 활동하기 전, 자세한 뒷세계의 정보를 조사해 둔 덕이었다.

물론 몇 년 전과는 달라진 점도 있기는 하겠지만 어느 정도 도움은 될 것이다.

정찬혁은 팔짱을 낀 채 가만히 사내가 깨어나기를 기다렸다.

"으, 으으……."

낮은 신음을 흘리며 사내는 천천히 눈을 떴다. 팔다리가 제대로 움직여지지 않고 눈앞이 흐릿했다.

사내는 몸을 일으키려 해보았지만 아무 소용없었다. 속이 메스꺼웠다. 눈앞이 어지럽고 욕지기가 치밀어 올랐다. 몸에 기운이 없고 오한이 일었다. 치밀어 오르는 욕지기를 참을 수 없어 사내는 토악질을 하기 시작했다.

"웩! 우웨에엑!"

오랫동안 먹은 것이 없어 시큼한 위액이 타액과 함께 줄줄 흘러나왔다. 목구멍이 쓰리고 속이 아팠다. 하지만 사내는 한참 동안이나 토악질을 해댔다.

바닥이 누런 위액으로 젖었다. 시큼한 냄새가 주위 가득했다. 한참을 토하던 사내는 입가에 침을 길게 늘어뜨린 채 갑자기 온몸을 부들부들 떨기 시작했다.

몸살에라도 걸린 듯 어깨를 움츠린 채 몸을 떨던 사내는 더듬더듬 입을 열었다.

"약……. 약이 필요해! 약을 줘! 약을 달라고!"

처음에는 나직한 음성이었지만 금세 고개를 격하게 좌우로 흔들며 발작적으로 소리쳤다.

침이 질질 흐르고 움푹 들어간 눈이 광기로 물들었다. 한참을 그렇게 몸부림치던 사내는 시뻘겋게 달아오른 얼굴로 힘없이 고개를 숙였다.

몸을 부들부들 떠는가 싶더니 악취와 함께 바지 사이로 누런 액체가 뚝뚝 떨어졌다.

"헤로인이로군."

정찬혁은 무표정한 얼굴로 사내를 바라보며 나직이 중얼 거렸다.

아편에서 추출한 모르핀을 원료로 한, 본래 진통제로 개발되었지만 중독성이 강해 제조가 금지된 마약이었다.

오죽하면 미국에서는 '악마의 비듬'이라고까지 불리는 헤로인이었다.

금단증상은 구토, 발한, 발열, 그리고 설사, 사내의 증상 모두가 헤로인 중독으로 인한 것임을 가르쳐 주고 있었다. 상태로 보아 꽤나 오랫동안 지속적으로 헤로인을 사용한 것 같았다.

국내에 밀수되는 헤로인의 대부분은 소위 골든트라이앵글이라 불리는 미얀마, 태국, 라오스의 국경이 접한 삼각 지대에서 생산된 것이었다.

그 생산량은 상상을 초월할 정도라 전 세계 헤로인 유통량의 6~70%를 차지하고 있었다.

한때 마약왕이라 불리던 '쿤 사'의 몰락으로 제조량이 급감한 적이 있었지만, 이 후 몇몇 국제적인 밀매 조직의 도움으로 더욱 깊은 곳에서 비밀리에 헤로인이 대량 생산되고 있었다.

물론 구룡회의 자본도 어느 정도 거기에 도움을 주었다. 정찬혁이 미국에서 활동하던 시절, 마약 유통망을 구룡회가 흡수하려 한 것도 골든트라이앵글의 생산력이 뒷받침해 주었기 때문이었다.

정찬혁이 기억하는 바로는 국내의 헤로인 유통 조직은 크게 세 곳이었다.

소규모 유통망까지 따진다면 수십여 개는 넘겠지만 대부분이 세 조직의 하부 조직이거나, 2차 유통을 하는 자들이었다. 그 세 조직 중에는 구룡회의 하부 조직도 한 군데 있었다.

명륜실업.

중국식 전통 가구를 수입해 전국에 유통하는 중소기업으로 알려져 있었지만 사실은 가구 내부에 헤로인을 숨겨 한국으로 밀수해 유통하는 곳이었다.

특수 약품 처리된 목재의 냄새가 헤로인의 냄새를 가려줘 마약 탐지견의 코도 속일 수 있는 터라 전통가구 수입 회사가 마약을 밀수하기에는 안성맞춤이었다.

"또 구룡회인가……?"

정찬혁은 씁쓸한 미소를 지었다. 한 번의 죽음으로도 구룡회와의 악연은 끊어지지 않고 있었다.

우연인지, 아니면 필연인지 알 수는 없었지만 이렇게 자꾸 구룡회와 얽히게 된다면 언젠가는 첸을 마주할 수 있을지도 모른다는 생각이 들었다.

만약 그런 기회가 생긴다면 이번에는 절대 망설이지 않으리라. 정찬혁은 빠득 소리가 나게 이를 악물었다.

"어때요? 뭐 좀 알아냈어요?"

그때 등 뒤에서 신유진의 낮은 음성이 귓가로 흘러들었다. 짧은 순간 움찔한 정찬혁은 아무렇지도 않은 듯 고개를 돌렸다.

"글쎄. 헤로인 중독이라는 것밖에는."

"그래요?"

고개를 갸웃하며 다가온 신유진은 반쯤 의식을 잃은 사

내의 처참한 몰골에 저도 모르게 살짝 인상을 찌푸렸다.

정찬혁이 조용히 입을 열었다.

"헤로인 중독 증상이다. 꽤나 심각한 걸로 보아 상당히 오랫동안 헤로인을 쓴 것 같더군."

"세상에! 이렇게 된 걸 그냥 지켜보고만 있었던 거예요?"

신유진이 도끼눈을 뜬 채 정찬혁을 바라보며 힐난했다. 정찬혁은 아무런 표정 변화 없이 그저 무심하게 말했다.

"그러면 나더러 어떡하란 말이지?"

"그래도……"

"내가 할 수 있는 일은 하나, 악마의 기운을 지닌 자를 제거하는 것뿐이다."

정찬혁의 말에 신유진은 순간 말문이 막혔다. 이내 신유진은 나직이 한숨을 내쉬며 고개를 끄덕였다.

"후우. 그럼 어쩔 수 없죠, 뭐."

사내에게 천천히 다가간 신유진은 그 앞에서 살짝 눈을 감았다. 순간 빛이 퍼져 나와 사내의 몸을 감쌌다.

이내 빛이 사그라지자 사내 주위에 있던 오물들이 깨끗이 사라졌다.

"편리한 힘이로군. 그걸로 그자에게서 자세한 사정을 알아 낼 수는 없나?"

정찬혁의 질문이 귓가로 날아들었다. 신유진은 낮은 한

숨을 내쉬며 고개를 내저었다.

"지금 제 힘으로는 이 정도가 한계예요. 당신 몸을 유지하는데 제 힘을 거의 소모했다고 지난번에 말했었잖아요. 아참! 이 사람 마약 중독이라고 했었죠? 그럼 방법이 있어요."

정찬혁에게 면박을 주던 신유진은 무언가 생각난 듯 씨익 미소를 지으며 사내의 머리에 손을 얹었다.

그리곤 사내의 귓가에 무언가 나직이 속삭였다. 순간 사내는 무언가에 홀리기라도 한 듯 몸을 부르르 떨며 천천히 입을 열기 시작했다.

"처, 처음 약을 시작한 건 한 달 정도 전……. 회식을 하다가 동료 사원이 권하더군요……."

"어떻게 한 거지?"

사내의 말에 정찬혁의 눈썹이 꿈틀했다. 신유진은 씨익 미소를 지으며 한쪽 눈을 찡긋 윙크해 보였다.

"최면효괴죠. 마약 중독자들은 가벼운 암시에도 쉽게 최면에 걸리는 편이거든요. 그럼 어디 계속 들어 볼까요? 중요한 정보가 나올지도 모르니까요."

정찬혁은 대답 대신 가만히 고개를 끄덕였다. 두 사람의 시선이 천천히 벌어지는 사내의 입으로 향했다.

"그래서? 팔고 싶다는 정보가 뭐냐?"

두더지를 만나자마자 한윤철은 조금은 달갑지 않은 얼굴로 질문을 던졌다. 두더지는 히죽 미소를 지으며 입을 열었다.

"뭐가 그리 급하슈? 시간은 많으니까 어디 딜이나 한 번 해 봅시다. 얼마 주실 거유?"

"뭐? 딜을 하겠다고? 무슨 정보를 쥐고 있는지는 모르겠지만 됐다. 필요 없어."

한윤철은 미간을 찌푸리며 그대로 돌아섰다. 당황한 두더지가 급히 한윤철을 불러 세웠다.

"자, 잠깐! 진짜 꼭 필요한 정보라니까요. 나중에 후회할지도 모른다고요."

"관심 없다."

한윤철은 한 손을 들어 흔들어 보이고는 돌아보지도 않고 걸음을 옮기기 시작했다.

화들짝 놀란 두더지가 후다닥 다가와 한윤철의 어깨를 붙잡았다.

"에헤이! 사람이 뭐가 그리 급합니까? 일단 얘기나 듣고 결정하십쇼."

"거참. 대체 뭔데 사람을 귀찮게 하는 거야?"

속으로 쾌재를 부르며 한윤철은 짐짓 관심 없다는 듯 귀찮아하는 얼굴로 돌아섰다.

두더지는 그제야 안도의 한숨을 내쉬며 천천히 입을 열었다.

"실은 마약 밀매에 관한 정보가 있는데 말입니다."

"마약 밀매? 그게 나랑 무슨 상관이 있다는 건데? 생활안전과 불러다 주랴?"

"거참. 뭐가 그리 급하십니까? 얘길 좀 들어 보시라니까요."

"대체 뭔데 이렇게 끈질긴 거냐?"

한윤철은 팔짱을 끼고는 나직이 한숨을 내쉬었다. 두더지가 가까이 다가와 목소리를 확 낮추며 말했다.

"그게 말입니다, 실은… 구룡회가 대규모 마약 밀매를 하고 있다는 정보가 있습니다."

"뭐? 진짜냐?"

어느 정도 예상을 하긴 했지만 한윤철은 저도 모르게 움찔하며 놀랐다.

그제야 두더지는 지금까지 보인 한윤철의 태도가 모두 허세였다는 것을 깨닫고는 히죽 미소를 지었다.

"역시 구미가 당기는 모양입니다?"

두더지는 능글맞은 미소를 지으며 한윤철에게 손바닥을

내밀어 보였다.

순간의 실수로 주도권을 빼앗긴 한윤철은 왈칵 인상을 찌푸렸다.

이내 주머니에서 지갑을 꺼내 백만 원 권 수표 몇 장과 오만 원 권 지폐 다발을 꺼내 두더지에게 건넸다.

"이 정도면 되겠냐?"

두더지는 수표를 재킷 안주머니에 넣고 손가락에 침을 발라 오만 원 권 지폐를 천천히 셌다.

그리 만족스러운 액수가 아닌 듯 두더지는 살짝 미간을 찌푸렸다.

"가치에 비해 대가가 좀 모자라지만 뭐, 우리가 한두 해 알고 지낸 것도 아니고 오늘은 이 정도로 서비스해 드리겠수다."

"뜸 들이지 말고 빨랑 얘기나 해."

거의 0에 가까운 통장 잔고를 떠올리며 한윤철은 나직이 한숨을 내쉬었다.

두더지는 지폐 다발도 품속에 넣고는 주위를 힐끗 살펴본 후 조심스레 입을 열기 시작했다.

"실은……."

*   *   *

조병우는 나직이 안도의 한숨을 내쉬었다. 구룡회에서 자신을 제거하기 위해 보낸 킬러가 다른 건물의 감방으로 옮겨간 탓이었다.

처음에는 꼼짝없이 죽을 줄 알았지만 킬러는 자신의 얘기에 흥미를 느끼는 것 같았다.

일과 시간에 공장에서 마주칠 수도 있겠지만 보는 눈이 많은 곳에서 자신을 제거하려 들지는 않을 것이다.

완전히 안심할 수는 없었지만 그래도 당분간은 크게 걱정하지 않아도 된다고 생각하니 절로 맥이 풀렸다.

"뭐하는 거야? 지금 그쪽에서 계속 일이 밀리고 있잖아!"

교도관의 신경질적인 음성이 귓가에 날아들었다. 움찔한 조병우는 자신의 앞에 잔뜩 쌓여 있는 봉제인형이 눈에 들어왔다.

조병우는 황급히 인형 하나를 들고 접착제로 눈을 붙이려 했다. 순간 갑작스레 심장 부근에 통증이 느껴졌다.

"윽!"

참을 수 없는 강한 통증에 절로 신음이 터져 나왔다. 손발이 제대로 움직이지 않고 눈앞이 순식간에 어두워졌다.

조병우는 인형을 떨어뜨리며 그대로 풀썩 쓰러졌다.

"뭐, 뭐야?"

"무슨 일이야!"

버럭 소리치며 교도관이 다가왔다. 쓰러진 조병우를 살펴보던 교도관은 새파랗게 질린 얼굴로 중얼거렸다.

"주, 죽었어."

재소자들과 교도관들이 죽은 조병우 주위로 웅성거리며 모여들었다.

그들 뒤로 날카로운 눈빛을 발하는 한 건장한 체격의 사내가 가만히 입꼬리를 말아 올렸다.

"일처리도 했으니 이만 돌아가 볼까?"

나직이 중얼거리며 사내는 죄수복 상의를 벗어 던지고는 공장을 나섰다.

천천히 걸음을 옮기기 시작하는 사내의 앞을 교도관이 막아섰다.

"뭐하는 거냐? 멈춰라!"

사내는 씨익 미소를 지으며 나직이 중얼거렸다.

"어디 한 번 막아 보시지?"

사내의 말에 발끈한 교도관이 허리춤의 진압봉을 들고 달려들었다.

사내는 고개를 살짝 꺾으며 날아드는 진압봉을 피하고 교도관의 손목을 꽉 잡은 채 팔꿈치를 후려쳤다.

우득, 하고 뼈가 부러지는 소리가 터져 나왔다. 진압봉을 떨어뜨린 교도관이 통증을 참지 못하고 비명을 질러댔다.

"끄, 끄아악! 내 팔이!"

"무슨 일이야!"

근처에 있던 교도관들이 비명을 듣고 후다닥 달려왔다.

기묘한 각도로 꺾인 팔을 잡고 쓰러져 있는 교도관과 그 앞에 서 있는 사내의 모습이 이내 사태를 파악한 교도관들은 저마다 진압봉을 꺼내들었다.

사내는 뚜둑 소리가 날 정도로 주먹을 꽉 움켜쥔 채로 주위에 모여든 교도관들을 향해 달려들었다.

철컹!

커다란 강철 문이 낮은 쇳소리와 함께 천천히 열리기 시작했다.

이내 활짝 열린 문에서는 교도관 제복 상의를 대충 걸친 건장한 체격의 사내가 천천히 걸어 나왔다.

사내는 씨익 미소를 지으며 문 앞에 멈춰 섰다. 그 뒤로 수많은 재소자들이 후다닥 달려 나와 활짝 열린 강철 문을 빠져나가기 시작했다.

"우와아!"

재소자들의 함성이 사방에서 들려왔다. 사내는 미소를 띤 채 다시 걸음을 옮기기 시작했다.

"그 녀석이 아직 살아 있단 말이지?"

사내의 눈빛은 여느 때보다 훨씬 날카롭게 빛나고 있었다.

*　　　*　　　*

자신이 헤로인 중독이 되기까지의 모든 이야기를 털어놓은 사내는 체력을 다한 것인지 그대로 고개를 스륵 떨구며 정신을 잃었다.

신유진은 사내의 머리에 얹은 손을 떼어내며 천천히 정찬혁을 향해 고개를 돌렸다.

"최소한 일주일 정도는 계속 잠들어 있을 거예요. 최대한 그사이에 처리하도록 하죠. 뭐, 해결한다고 해도 금단증상이 사라질 리는 없지만요."

"그러지."

정찬혁은 그대로 돌아서서 문을 열고 밖으로 나갔다. 아직 끄지않은 라디오에서 은은한 음악이 흘러나왔다.

하지만 지직, 하는 소리와 함께 음악이 끊기고 뉴스 속보가 들려왔다.

―뉴스 속보입니다. 경기도 ××교도소에서 대규모 탈주

극이 벌어졌습니다.

300여 명에 이르는 재소자들이 교도관을 쓰러뜨리고 탈옥을 시도했는데요. 경찰의 대규모 검문검색으로 대부분의 재소자들을 다시 체포했습니다.

하지만 탈주를 주도한 재소자를 비롯해 12명의 행방이 묘연하다고 합니다.

현재 경찰에서는 체포하지 못한 12명의 재소자를 긴급수배하고, 각 지역 경찰의 협조를 받아 검문을 철저히 하고 있다고 합니다.

밖으로 걸음을 옮기던 정찬혁은 순간 이상한 기분을 느끼고는 저도 모르게 멈칫했다. 신유진이 고개를 갸웃하며 물었다.

"왜 그래요, 찬혁 씨?"

정찬혁은 아무것도 아니라는 듯 가만히 고개를 내저었다. 하지만 갑자기 생겨난 이상한 예감은 머릿속을 떠나지 않았다.

카페로 나간 정찬혁은 카운터 아래에서 총을 꺼내 품속에 갈무리했다.

"잠시 다녀오겠다."

신유진의 대답도 듣지 않고 정찬혁은 그대로 밖으로 나

가버렸다.

사내가 마약을 거래한 곳은 카페에서 그리 멀지 않아 신유진이 따라갈 필요는 없었다.

밖으로 나온 정찬혁은 품속에서 휴대폰을 꺼내 들고는 어딘가로 전화를 걸었다.

─누구쇼?

두어 번 신호음이 울리는가 싶더니 곧장 상대방의 경계심이 느껴지는 말투가 귓가에 들려왔다.

정찬혁은 바로 입을 열지 않고 잠시 뜸을 들였다.

─뭐야? 전화를 잘못 걸었으면 미안하다고 해야 할 것 아냐?

상대방은 투덜거리며 전화를 끊으려 했다. 정찬혁은 최대한 조심스럽고 다급해 보이는 음성으로 말했다.

"자, 잠깐!"

─무슨 용건이쇼?

정찬혁은 나직이 숨을 고르는 척하며 목소리를 낮췄다.

"저, 저기……. 약을 구하고 싶은데…….."

─난 또 뭐라고. 그런 용건이면 빨리 말씀을 하셨어야지. 끊을 뻔했잖수. 그래, 얼마나 필요… 아니지. 돈은 얼마나 있수?

"돈은 왜……?"

―요즘 돈도 없으면서 약을 달라고 연락하는 놈들이 너무 많아서. 나도 헛걸음 할 수는 없으니 어쩔 수 없수다. 돈에 맞춰서 가져갈 거니까 빨랑 말해보쇼. 얼마나 있는 거요?

잠시 생각하던 정찬혁은 이내 천천히 대답했다.

"오, 오백! 오백이면 얼마나 살 수 있습니까?"

―첫 거랜데 오백? 어디 딴 데서 장사하려는 건 아니겠지?

"아, 아닙니다. 그럴 리가요."

상대방의 추궁에 정찬혁은 그럴 리 없다는 듯 황급히 입을 열었다. 상대방의 음성이 곧장 이어졌다.

―좋아. 어차피 나야 정해진 양만 팔아 치우면 되니까. 그 돈이면 주사로 오십 대쯤 살 수 있을 거요. 한 시간쯤 후에 만납시다.

"아, 알겠습니다. 어디로 가면 됩니까?"

―그러니까 인사동 쌈짓길 구석에 보면……."

걸어서 20여 분 내외로 도착할 수 있는 가까운 곳이었다. 정찬혁은 계속 어눌한 말투를 사용해 말했다.

"아, 알겠습니다. 그럼 한 시간 후에 거기서 뵙지요."

―아참! 수표나 어음 따위는 안 받으니까 꼭 현찰로 가져와야 되는 건 알고 있겠지?

"예, 준비하겠습니다."

ㅡ그럼 좀 이따 봅시다, 고객님.

상대방은 이죽거리는 말을 남기고 전화를 끊었다.

정찬혁은 입꼬리를 살짝 말아 올리며 휴대폰을 주머니에 쑤셔 넣었다.

그러다 퍼뜩 한 가지 사실을 떠올렸다. 거래하기로 약속한 시간 즈음에 심장의 격통이 생길 거라는 것을.

"젠장! 이미 약속해 버렸으니 어쩔 수 없나."

낮게 혀를 차며 정찬혁은 아주 느린 속도로 약속 장소를 향해 걸음을 옮기기 시작했다.

*　　　*　　　*

교도소 인근의 버려진 폐가에 미리 준비해둔 정장으로 갈아입은 사내는 태연하게 경찰 검문을 피해 지하철에 올랐다.

재소자 기록은 이미 삭제해둔 데다 교도관을 상대할 때에는 CCTV에 얼굴이 나오지 않게 각도를 조절했다.

게다가 수많은 재소자를 이용해 경찰력을 흩어 놓기까지 했으니.

옆에 서 있는 한 중년 사내의 이어폰에서 뉴스가 조용히 흘러나왔다. 교도소 탈주극에 대한 뉴스였다.

사내는 입꼬리를 살짝 말아 올렸다.

―다음 역은 종각, 종각역입니다. 내리실 문은 왼쪽입니다.

지하철 안내 방송이 귓가에 들려왔다. 사내는 선글라스를 쓰며 천천히 문 앞으로 다가갔다.

이내 속도를 늦춘 지하철이 멈춰 섰다. 스륵 문이 열리자 사내는 사람들 틈에 섞여 내렸다.

개찰구를 빠져나온 사내는 곧장 청계천 근처에 있는 빌딩으로 들어갔다.

빌딩 안에는 검은 정장을 입은 사람들이 바쁘게 오가고 있었다.

"아, 이제 오십니까, 부장님? 맡으신 프로젝트는 잘 처리하신 겁니까?"

날카로운 인상에 육감적인 몸매의 여성이 다가오며 사내에게 말을 걸었다. 부장이라 불린 사내는 대수롭지 않다는 듯 어깨를 으쓱했다.

"뭐, 굳이 내가 가지 않았어도 충분한 일이었다."

"그렇습니까? 그래도 꽤나 시끄럽게 해주셨더군요."

"훗! 뉴스를 본 거냐, 린?"

린이라 불린 여성은 대답 대신 가만히 고개를 끄덕였다.

사내는 피식 미소를 지으며 말을 이었다.

"빨리 빠져 나오려면 어쩔 수 없는 일이었다. 일도 끝났는데 갇혀 있으려니 좀이 쑤셔서 말이지."

"오늘은 이만 쉬시지요. 전무님께 보고해 놓겠습니다."

사내는 미소를 띤 채 린의 옆에 바짝 다가가 한 손으로 턱을 살짝 올려 잡고 입을 열었다.

"그런데 말야… 한 가지 묻고 싶은 게 있는데……."

린은 눈 하나 깜짝하지 않고 무표정한 얼굴로 사내를 빤히 바라보며 말했다.

"말씀하십시오."

"몇 년 전에 배신자들이 일으킨 반란 사건 말이야. 자세한 정황을 말해줄 수 있을까? 린, 너도 현장에 있었을 테니 말이야."

"갑자기 그런 걸 왜 물어 보시는 겁니까? 관련자들은 다 제거되고 이미 기록을 삭제한 사건입니다만."

예상치 못한 질문에 순간적으로 눈빛이 흔들린 린은 이내 태연한 얼굴로 말했다. 하지만 사내는 그 짧은 순간의 동요를 감지해 냈다.

'확실히 뭔가 있군.'

사내는 입꼬리를 말아 올리며 린에게 바짝 얼굴을 들이밀었다. 콧김이 닿을 정도로 가까이 다가간 사내는 천천히 입을 열었다.

"어디서 이상한 소문을 들어서 말이야. 아무래도 당시의 정황을 자세히 알아봐야 할 것 같아."

"이상한 소문?"

"뭐, 그것까지는 자세히 알 필요 없고. 이렇게 정중하게 부탁하는데 말해줄 수 있겠지?"

사내의 눈빛이 살기로 번뜩였다. 정중하기는커녕 숫제 협박에 가까웠다.

사내가 아닌 다른 자였다면 절대 살기에 위축되지 않았을 린이었지만 이번에는 상대가 보통이 아니었다.

구룡회 최고의 킬러, '암룡' 중 하나인 웨이 밍의 날카로운 눈빛을 무시할 수 있는 자는 아무도 없었다.

사내, 웨이 밍과 눈빛이 마주치자 린은 순간적으로 숨이 탁 막히는 것 같았다.

입을 열어 보았지만 답답한 신음이 흘러나올 뿐이었다. 웨이는 입꼬리를 말아 올리며 천천히 말을 이었다.

"어때? 얘기해 주겠지?"

린은 어쩔 수 없이 고개를 끄덕일 수밖에 없었다.

웨이는 피식 미소를 지으며 언제 그랬냐는 듯 살기를 거두며 린에게서 한 걸음 뒤로 물러났다.

막힌 숨이 터지자 린은 목을 잡고 기침하듯 거친 숨을 내쉬었다.

"커헛!"

웨이는 그대로 천천히 돌아서며 어깨 너머로 손을 흔들어 보였다.

"그럼 퇴근하고 회사 앞 카페에서 보자고."

바지 주머니에 손을 집어넣은 채 웨이는 천천히 빌딩을 나섰다.

거칠어진 호흡을 고르며 린은 멀어져 가는 웨이의 뒷모습을 파르르 떨리는 눈으로 바라보았다.

"그렇게 된 거였군. 과연……."

웨이는 가만히 고개를 끄덕였다. 웨이의 맞은편에 앉아 있는 린은 나직이 한숨을 내쉬며 물었다.

"그런데… 왜 이미 예전에 끝난 일에 관심을 갖는 거죠?"

"글쎄? 괜한 오지랖이라고 해두지."

웨이는 씨익 미소를 지으며 천천히 몸을 일으켰다. 제대로 얘기하지 않은 부분이 있기는 하지만 대충이나마 어떻게 된 일인지 짐작이 갔다.

조병우가 한 말이 사실일지도 모른다는 생각이 들었다. 만약 그렇다면……."

'일이 재밌어지겠는걸?'

웨이는 입꼬리를 말아 올리며 날카로운 눈빛을 뿜어냈다. 웨이는 그대로 돌아서며 린에게 말했다.

"내일부터 닷새, 아니, 일주일 동안 쉴 거라고 회사에 대신 좀 말해줘, 린."

"갑자기 왜?"

"여하튼 부탁한다."

대답도 듣지 않고 웨이는 콧노래를 흥얼거리며 카페를 나섰다.

오랜만에 흥미를 끄는 먹잇감이 생긴 것 같아 그저 기분이 좋을 뿐이었다.

Rule *02*

차이나타운

어느새 황혼이 지고 주위가 어둑어둑했다. 느린 걸음으로 인사동 길을 걷던 정찬혁은 시간을 확인했다. 아직 10분 정도 여유가 있었다.

넓은 인사동 길은 오가는 사람이 줄어들 줄을 몰랐다. 거래 시간이 가까워지자 정찬혁은 걸음을 빨리했다.

길에는 많은 사람이 있었지만 정찬혁은 아무도 없는 것처럼 전혀 부딪치지 않았다.

어느새 정찬혁은 거래하기로 한 골목 입구에 도착해 있었다. 커다란 쓰레기봉투가 골목 어귀에 쌓여 있었다.

밝은 인사동 길과는 달리 가로등이 깨진 것인지 골목 안쪽은 어두컴컴했다. 정찬혁은 다시 시간을 확인했다.

"5분 정도 남았나? 뭐, 조금 일찍 가도 상관없겠지."

나직이 중얼거리며 정찬혁은 골목 안으로 천천히 걸어 들어갔다.

워낙 어두운 탓에 사람들이 접근하지 않아 인기척은 없었다. 간간히 길 고양이들의 움직임만이 느껴질 뿐이었다.

정찬혁은 안쪽으로 길게 이어진 골목 깊이 들어갔다. 얼마 지나지 않아 막다른 곳에 닿았다.

정찬혁은 그 앞에서 걸음을 멈췄다.

"여어. 좀 일찍 오셨구랴?"

등 뒤에서 들려온 건들거리는 음성에 정찬혁은 천천히 고개를 돌렸다.

뱁새눈을 한 야비한 인상의 사내가 주머니에 손을 넣은 채 어깨를 건들거리며 다가오고 있었다.

정찬혁은 사내에게서 흘러나오는 희미한 기운을 보고 나직이 한숨을 내쉬었다.

"물건은……?"

뱁새눈 사내는 씨익 미소를 지으며 약간 부풀어 있는 자신의 재킷 주머니를 손가락으로 톡톡 가리켰다.

"당연히 여기 있지. 그쪽은?"

정찬혁은 재킷 안주머니에 손을 넣었다. 순간 기다렸다는 듯 심장에 통증이 느껴졌다.

"큭!"

정찬혁은 그대로 한쪽 무릎을 꿇었다. 언제나 그렇지만 익숙해지지 않는 지독한 통증이었다.

절로 식은땀이 줄줄 흘렀다. 갑작스러운 상황에 뱁새눈 사내는 눈이 휘둥그레졌다. 이내 뱁새눈 사내는 놀람을 가라앉히고 의외라는 듯 말했다.

"이런. 멀쩡해 보였는데 중증 약쟁이였나? 잠시만 기다리슈. 내 금방 한 대 놔줄 테니."

정찬혁의 통증을 금단증상으로 착각한 뱁새눈 사내는 급히 품속에서 주사기와 작은 비닐 약봉지 하나를 꺼냈다.

익숙한 손놀림으로 약봉지에 들어 있는 가루를 열로 녹여 주사기로 빨아들인 뱁새눈 사내는 정찬혁에게 다가갔다.

식은땀을 줄줄 흘리며 신음을 토해내는 것으로 보아 꽤나 심각한 상태로 보였다. 팔뚝보다는 목덜미의 경정맥에 직접 주사하는 편이 나을 것 같았다.

"끄으으……"

강렬한 통증에 꼼짝도 하지 못하는 정찬혁은 그저 신음만 나직이 흘릴 뿐이었다.

뱁새눈 사내는 급히 주사기를 목덜미에 꽂았다. 정찬혁의 목덜미에 닿은 손이 싸늘했다.

온기가 느껴지지 않았지만 금당증상 때문에 그러려니 하며 뱁새눈 사내는 주사기를 든 손에 힘을 줬다. 안에 든 누런 액체가 그대로 몸속으로 빨려 들어갔다. 주사기를 뽑자 피가 솟아나 주룩 흘렀다.

"조금만 참으슈. 금방 약기운이 돌 테니까."

뱁새눈 사내는 주사기를 골목 구석에 있는 쓰레기 더미에 던지며 말했다.

시간이 지나자 조금씩 통증이 잦아들었다. 정찬혁은 길게 한숨을 내쉬며 천천히 몸을 일으켰다. 뱁새눈 사내는 히죽 미소를 지으며 입을 열었다.

"뭐, 이번 한 대는 서비스로 칩시다. 그래, 어떻수? 보아하니 꽤나 약에 절어 있는 것 같던데. 다른 약이랑은 완전히 질이 다르지 않수?"

정찬혁은 아무 대꾸 없이 무표정한 얼굴로 뱁새눈 사내에게 천천히 다가갔다.

정찬혁은 뱁새눈 사내의 바로 앞에 멈춰 서서 가만히 그를 쳐다보았다. 정찬혁과 눈빛이 마주친 뱁새눈 사내는 저도 모르게 움찔 어깨를 떨었다.

위험한 자다.

수많은 중독자를 보아온 뱁새눈 사내는 본능적으로 알 수 있었다. 이상한 것은 바로 방금 전에 약을 주사했음에도 그 영향이 거의 없어 보인다는 것이었다.

"그 질이 다르다는 약에 대해 좀 더 자세히 알고 싶은데."

정찬혁이 천천히 입을 열었다. 뱁새눈 사내는 눈치를 살피며 슬슬 뒷걸음질 치기 시작했다.

"다, 당신 뭐야? 경찰이냐?"

"글쎄……."

정찬혁은 말꼬리를 흐리며 한 걸음 다가갔다. 뱁새눈 사내가 움찔하며 한 걸음 물러났다.

다시 정찬혁이 다가오자 뱁새눈 사내는 품속에서 잭나이프를 꺼내 들었다. 낮은 금속성과 함께 반 뼘 길이의 칼날이 모습을 드러냈다. 뱁새눈 사내는 잭나이프를 휘두르며 위협했다.

"어쩐지 오늘 운이 좋더라니. 젠장! 똥 밟았구만!"

투덜거리며 뱁새눈 사내는 잭나이프를 휘두르며 조금 씩 뒤로 물러났다.

모양새를 보아하니 그저 위협만 할 뿐 칼 솜씨가 있어 보이지는 않았다.

정찬혁은 눈 하나 깜짝하지 않고 뱁새눈 사내에게 다가

갔다. 뱁새눈 사내가 휘두른 잭나이프가 피부를 스쳤다.

상처가 벌어지고 검붉은 피가 조금씩 배어 나오기 시작
했다. 그냥 위협만 할 생각이었던 뱁새눈 사내는 잭나이프
가 정찬혁을 상처 입히자 움찔하며 황급히 뒤로 물러났다.

정찬혁은 조금의 망설임도 없이 뱁새눈 사내를 향해 달
려들었다.

"으, 으앗!"

정찬혁의 기세에 뒤로 물러나던 뱁새눈 사내는 발이 꼬
여 엉덩방아를 찧었다.

정찬혁이 가까워지자 뱁새눈 사내는 저도 모르게 잭나이
프를 내밀었다.

우득!

뼈가 부러지는 소리가 터져 나왔다. 정찬혁이 날아드는
잭나이프를 피하며 뱁새눈 사내의 손목을 꽉 움켜쥔 탓이
었다.

"끄, 끄아아아!"

자신의 손목이 기묘한 각도로 꺾인 것을 본 뱁새눈 사내
는 그제야 뼈가 부러진 것을 깨닫고 비명을 토해냈다.

잭나이프는 그대로 스륵 바닥에 떨어졌다. 정찬혁은 무
표정한 얼굴로 입을 열었다.

"시끄럽군."

정찬혁의 몸에서 풍기는 살기를 본능적으로 감지한 뱁새 눈 사내는 한 손으로 입을 막았다.

끄응, 하는 억누른 신음만이 흘러나왔다. 정찬혁의 말이 조용히 이어졌다.

"이제야 좀 조용히 얘기를 나눌 수 있겠군. 어디 그럼 진솔한 대화를 시작해 볼까?"

무표정한 얼굴로 자신을 내려다보는 정찬혁의 모습이 뱁새눈 사내에게는 마치 사신처럼 보였다.

뱁새눈 사내는 낮은 신음을 흘리며 온몸을 부들부들 떨기 시작했다.

＊   ＊   ＊

"장기 밀매 사업을 망쳐놓았으니 다음은 마약이겠군."

웨이는 미소를 지으며 나직이 중얼거렸다.

배신자인 정찬혁이 살아 있다는 조병우의 말과 린에게서 들은 당시의 상황을 종합해 내릴 수 있는 결론이었다.

3년여 전의 사건 당시, 정찬혁은 첸에게 깊은 원한을 가지고 있는 것 같았다고 린이 말했었다.

정찬혁이 살아 있다면 원한을 갚으려 들 것은 자명한 일이었다.

하지만 첸의 행방은 구룡회 내에서도 극비 정보였다. 정찬혁이 장기 밀매 사업을 망쳐 놓은 것은 아마도 첸의 위치를 알아내기 위해서 일 것이다.

구룡회의 한국 사업을 총괄하는 재단법인 진용의 대표가 바로 첸이었으니.

진행하는 사업이 누군가의 방해로 계속 실패한다면 첸이 가만히 보고 있지만은 않을 터였다.

모습을 드러내고 직접 처리할 가능성도 높았다. 정찬혁이 노리는 바는 바로 그것이리라.

재단법인 진용이 손을 대고 있는 사업 중, 가장 이득이 되는 것은 역시나 밀매 사업이었다.

합법적으로 진행되는 사업도 상당수였지만 밀매 사업만큼 엄청난 이득을 주는 것은 없었다.

다양한 밀매 사업 중, 가장 높은 비율을 차지하는 것이 장기 밀매와 마약 밀매였다.

그중 하나는 이미 망쳐 놓았으니 다음으로 노릴 것은 당연히 남은 마약 밀매였다.

재단법인 진용이 만들어지기 전부터 구룡회에서는 명륜실업이라는 중소기업을 통해 마약을 한국 내에 유통해 왔다.

마약 밀매로 구룡회가 벌어들이는 한국 내에서의 수익은

거의 3할을 차지할 정도로 비중이 컸다. 때문에 정찬혁이 노릴 가능성이 높았다.

"그럼 어디 먼저 가서 기다려 볼까나?"

나직이 중얼거리며 웨이는 천천히 몸을 일으켜 걸음을 옮기기 시작했다.

*   *   *

마약 중간상인 양호창은 거나하게 술에 취해 사무실 소파에 풀썩 주저앉았다.

얼굴이 발갛게 달아오른 채 양호창은 히죽 미소를 지었다. 요즘만큼만 계속 장사가 잘된다면 1년 안에 떼 부자가 될 수 있을 것 같았다. 이전보다 훨씬 안정적인 공급처를 확보한 덕이었다.

"끄어. 기분이 좋아서 그런지 아무리 마셔도 취하지 않는 구만. 어디 내 돈줄이 잘 있나 확인해 볼까?"

양호창은 비틀거리며 몸을 일으켜 사무실 구석에 있는 소형 냉장고만 한 크기의 금고에 다가갔다.

다이얼을 돌리고 비밀 번호를 입력해 금고를 열자 안에 가득한 지폐 다발과 수표, 그리고 상당한 양의 마약이 눈에 들어왔다.

양호창은 지폐 다발을 어루만지며 히죽 미소를 지었다.

그때였다. 창가로 쏟아져 들어오는 가로등의 희미한 빛에 길게 그림자가 드리웠다. 양호창은 급히 금고를 잠그며 고개를 돌렸다.

"누, 누구냐!"

양호창은 창가에 선 검은 인영을 발견하고 버럭 소리쳤다.

창가의 인영은 그 자리에서 가만히 양호창을 바라보았다. 날카로운 눈빛이 번쩍였다. 양호창은 저도 모르게 어깨를 움츠렸다.

"네가 마약 중간상인 양호창인가?"

"뭐하는 놈이냐!"

양호창은 버럭 소리치며 손에 잡히는 단단한 물건 하나를 인영에게 던졌다.

양호창이 던진 물건은 인영을 맞추지 못하고 유리창을 박살 냈다.

"켁!"

거의 동시에 양호창은 콱 막힌 신음을 토해냈다. 어느새 달려든 인영이 양호창의 목덜미를 틀어쥐고 들어 올렸다.

양호창이 꽤나 덩치가 있는데도 상대는 놀랄 정도의 힘으로 양호창을 들어 올렸다.

양호창은 켁켁대며 상대의 손아귀를 벗어나려고 버둥거렸다. 하지만 상대의 힘은 감당할 수 없을 정도로 강했다.

숨을 제대로 쉴 수 없어 몸에 힘이 들어가지 않았다. 한참을 버둥거리던 양호창은 허옇게 눈을 까뒤집은 채 축 늘어져갔다.

어느 샌가 목덜미를 꽉 움켜 쥔 손이 사라졌다. 양호창은 그 자리에 풀썩 쓰러졌다.

"커헉!"

갑작스레 숨통이 트인 탓에 양호창은 기침하듯 크게 숨을 몰아쉬었다. 발갛게 손자국이 남아 있는 목덜미를 매만지며 양호창은 연신 거친 호흡을 토해냈다.

"한 가지 물어볼 것이 있다. 네가 취급하는 헤로인, 출처가 어디냐?"

달빛에 인영의 모습이 희미하게 드러났다. 무심한 눈길로 양호창을 바라보는 정찬혁이었다.

정찬혁의 질문에 양호창은 켁켁 대면서 입을 열었다.

"유, 윤열이파에서 보낸 놈이냐?"

"대답해라."

살기가 담긴 정찬혁의 음성에 양호창은 절로 몸이 움츠러들었다.

대답하지 않으면 무사하지 못할 거라는 예감이 들었다.

하지만 그런 상황에서도 양호창은 나름의 기지를 발휘했다.

"버, 범양파다."

양호창은 자신이 몸담고 있는 대서양파의 라이벌 조직을 언급했다.

강북의 절반을 손에 쥐고 있는 범양파를 크게 뒤흔들어 놓을 좋은 기회였다.

"사실이겠지?"

다시 한 번 확인하듯 정찬혁이 질문했다. 양호창은 급히 고개를 끄덕였다.

"무, 물론!"

"만약 거짓이라면 다시 찾아오겠다. 아참, 그리고……."

정찬혁은 금고로 다가가 주먹을 휘둘렀다. 쾅, 하는 소리와 함께 단단한 금고가 박살 났다.

금고 안에 있는 대량의 헤로인을 꺼내든 정찬혁은 힐끔 양호창을 바라보며 말했다.

"이건 내가 가져가도록 하지."

이내 정찬혁은 순식간에 양호창의 시선에서 사라졌다. 양호창은 휘둥그레진 눈으로 부서진 금고를 바라보았다.

자신을 가볍게 들어 올렸을 때에는 그저 힘이 조금 좋은 자라고 생각했었다. 하지만 주먹으로 단단한 금고를 박살

낼 정도였다니.

인간의 힘이 아니었다. 어쩌면 대서양파를 혼자서 박살낼 수 있을지도 모르는 일이었다.

섬뜩한 한기가 등줄기를 타고 흘렀다. 자신의 말이 사실이 아니라면 다시 찾아오겠던 말이 머릿속을 스쳤다.

흠칫 어깨를 떨며 양호창은 아직까지 손자국이 남아 있는 목덜미를 쓰다듬었다.

"서, 설마 진짜로 다시 찾아오는 건 아니겠지?"

범양파 행동대장 조태식은 믿을 수 없다는 듯 눈을 크게 치켜떴다. 믿을 수 없는 일이었다.

고작 단 한 명의 사내가 30여 명이 넘는 조직원을 단숨에 쓰러뜨리다니.

아무리 말단 조직원이라지만 싸움 실력은 보통 사람 너덧 명을 상대할 수 있을 정도로 뛰어났다.

게다가 각목이나 쇠파이프, 회칼까지 들고 있었으니 맨손의 상대를 쓰러뜨리지 못할 리가 없었다.

하지만 상대를 쓰러뜨리기는커녕 상처 하나 입히지 못하고 있었다.

"대, 대체 어디서 저런 괴물이……."

조태식은 망연히 중얼거렸다. 그러는 중에도 부하들은

신음을 터뜨리며 속수무책으로 쓰러져 갔다.

빠각!

"끄악!"

뿌직!

"커허억!"

뼈가 부러지는 소리와 고통에 찬 신음이 주위 가득했다. 두려움으로 몸이 부르르 떨렸다.

주먹 세계에 몸을 담은 지 10년이 넘었지만 이렇게까지 두려운 자는 처음이었다.

순식간에 부하들을 모두 쓰러뜨린 사내는 천천히 조태식에게 다가왔다. 사내의 몸은 온통 피투성이였다. 자신의 피가 아니라 사내가 쓰러뜨린 자들의 피가 묻은 것이었다.

조태식은 들고 있던 회칼을 떨어뜨리며 뒷걸음질 쳤다. 달아나려 했지만 그럴 수 없었다. 어느새 자신의 바로 앞까지 다가온 사내가 멱살을 틀어쥔 탓이었다.

"헉! 누, 누가 보낸 놈이냐? 대서양파냐? 아니면 윤열이파?"

조태식은 신음을 토해내며 억지로 소리쳤다. 피투성이가 된 사내의 입이 천천히 벌어졌다.

"네놈들이 취급하는 헤로인. 출처가 어디지?"

"헤, 헤로인……? 설마 호창이 놈이 보낸 거냐?"

순간 사내의 눈썹이 꿈틀했다. 조태식은 사내의 살기를 띤 눈빛에 고양이 앞에 선 쥐처럼 온몸이 움츠러들었다. 사내가 다시 입을 열었다.

"양호창이란 자와 한 패가 아니었군. 하긴 지금 그게 중요한 게 아니지. 다시 한 번 묻지. 네놈들이 취급하는 헤로인의 출처는?"

사내의 살기가 온몸으로 느껴졌다. 제대로 대답하지 않으면 조태식은 아마도 쓰러진 부하들과 같은 신세가 될 것이다.

오랜 주먹 생활로 담력 하나 만큼은 자신 있다고 생각했던 조태식이었다. 하지만 사내의 살기는 오금이 저리고, 온몸에서 식은땀이 줄줄 흘러나왔다.

"이, 인천에 있는 만물상이라는 화교가 하는 카페. 거, 거기서 납품 받는다."

조태식은 무언가에 홀리기라도 한 듯 입을 열었다. 사내는 그럴 줄 알았다는 듯 고개를 끄덕이며 조태식의 멱살을 놨다.

다리에 힘이 풀린 조태식은 서지 못하고 그대로 풀썩 주저앉았다. 사내는 조태식을 거들떠보지도 않고 그대로 돌아서서 어딘가로 걸음을 옮기기 시작했다.

조태식은 멍하니 피투성이가 되어 쓰러져 있는 부하들을

바라보았다. 나직한 신음이 주위에 가득했다.

죽은 자는 아무도 없었다. 어디가 부러지고 찢겨 제대로 설 수 없었을 뿐.

바닥을 흥건히 적신 피가 조태식의 온몸을 덜덜 떨게 만들고 있었다.

"여기도 아닌가요?"

막 차에 오르는 정찬혁에게 질문이 날아들었다.

정찬혁은 고개를 끄덕이며 자리에 앉았다. 미리 시동을 걸고 있던 신유진은 엑셀을 밟았다.

'인천의 만물상……'

가본 적은 없지만 많이 들어본 곳이었다. 명륜실업을 통해 밀수된 마약이 전국에 유통되기 전에 거쳐 가는 곳이 바로 인천의 만물상이었다.

역시나 처음 예상했던 대로 구룡회가 관련되어 있는 일이었다.

양호창이나 조태식에게도 희미한 악마의 기운이 남아 있는 것으로 보아 구룡회가 서로 적대하는 조직에게 헤로인을 팔아, 서로 경쟁을 시켜 이득을 얻고 있는 것으로 보였다.

"다음은 어디에요?"

신유진의 질문이 다시 들려왔다. 정찬혁은 잠깐 생각에 잠겼다. 구룡회가 헤로인을 공급하고 있다는 것은 이미 알게 된 사실이었다.

마약 밀매 루트를 박살 내려면 곧장 명륜실업으로 향해야겠지만 정찬혁의 목적은 그게 아니라 악마의 기운을 지닌 자를 찾는 것이었다.

때문에 이런 식으로 계속 역추적해 나가는 수밖에 없었다. 당연히 다음 목표는 인천의 만물상이었다.

"인처… 아니, 지금은 시간이 늦었으니 그쪽은 내일 가보기로 하고, 양호창인가 하는 자가 있는 곳으로 가지."

"예? 거긴 또 왜요?"

"할 일이 남았다."

정찬혁은 더 이상 말 할 필요 없다는 듯 그대로 좌석에 몸을 뉘였다.

고개를 갸웃하던 신유진은 나직이 한숨을 내쉬며 차를 돌렸다.

*   *   *

인천 차이나타운.

19세기 후반에 청나라 군역상인들이 정착하며 생긴 곳으로 수많은 화교의 근거지였다.

다른 곳과는 달리 중국식 건물이 가득한 차이나타운은 현재 관광지로 탈바꿈해 예전의 폐쇄적인 모습은 온데간데 없이 보이지 않았다.

주말은 물론, 평일에도 관광객들은 끊이지 않았다. 맛집 탐방객들에게도 차이나타운은 좋은 구경거리였다.

"젠장! 좀 더 늦게 올 걸 그랬나?"

이미 날이 저문 늦은 저녁 시간이었지만 사람들이 거리를 꽉 메우고 있었다.

한윤철은 투덜거리며 한적한 곳을 찾아 걸음을 옮겼다. 조금은 한산한 카페를 발견한 한윤철은 곧장 안으로 들어갔다.

현대적인 인테리어의 프랜차이즈 카페라 사람이 적은 것 같았다.

아메리카노 한 잔을 시키고 자리에 앉은 한윤철은 나직이 한숨을 내쉬었다.

거리가 조금 한산해질 때까지 기다렸다가 다시 움직이는 게 좋을 것 같았다.

물을 한 모금 마시며 한윤철은 품속에서 약도가 그려진 종이를 꺼내 들었다.

"만물상이라……."

겉보기에는 중국 골동품 가게로 보이는 곳이라고 했다. 하지만 그 지하에는 불법 도박장과 함께 마약 도매상도 겸하고 있다고 두더지가 말했었다.

주로 거래하는 마약은 헤로인으로, 정확한 공급처는 밝혀지지 않았지만 구룡회일 확률이 높다고 한다.

국내에서 유통되는 헤로인의 거의 80% 이상이 만물상에서 공급하고 있다고 하니 구룡회가 관련되어 있지 않다고 해도 충분히 수사할 만한 가치가 있었다.

물론 어느 정도 증거가 있어야만 본격적으로 검찰을 움직일 수 있겠지만. 한윤철이 혼자서 온 것도 모두 증거를 잡기 위해서였다.

"틀리기만 해봐. 두더지 놈, 가만히 안 둘 테니."

두더지의 이죽거리는 얼굴을 떠올리며 한윤철은 나직이 중얼거렸다.

차이나타운에 어둠이 찾아왔다.

밤 10시가 되자 대부분의 식당이 문을 닫았다. 상점들이 하나, 둘씩 문을 닫자 거리를 오가는 사람들도 확연히 줄었다.

10분 정도 더 기다렸다가 한윤철은 카페를 나섰다. 다시 약도를 꺼내 든 한윤철은 만물상을 찾아 걸음을 옮기기 시작했다.

워낙에 간략하게 그려져 있는 약도라 한윤철은 한참이나 길을 헤맸다.

슬슬 짜증이 나기 시작할 무렵, 한윤철의 눈에 낡은 간판이 보였다.

만물상(萬物商).

워낙에 낡아 글자가 거의 지워지기 직전이었지만 간신히 알아볼 수 있었다.

주위를 자세히 살피고 있었으니 망정이지 약도만 보고 있었다면 지나쳤을지도 모를 정도로 구석진 곳에 있었다.

문은 닫혀 있었지만 희미한 빛이 새어 나오고 있었다. 한윤철은 천천히 다가가 문을 두드렸다.

"문 닫았습니다."

퉁명스러운 사내의 음성이 들려왔다. 한윤철은 품속에서 오만 원짜리 지폐 하나를 꺼내 문틈으로 밀어 넣었다.

"큰 판이 벌어진다는 소문을 들었는데……."

"누구 소개로 오셨습니까?"

"리 대인이라고 하면 알 거라고 합디다."

"리 대인이? 잠시 기다리십시오."

대답과 함께 철컥, 하고 빗장을 푸는 소리가 들렸다. 문이 살짝 열리고 덩치 큰 사내가 조심스러운 얼굴로 고개를 삐죽 내밀었다.

주위를 휘휘 둘러보더니 한윤철 말고는 아무도 없는 것을 확인한 덩치 사내가 안으로 들어오라는 듯 고갯짓했다.

한윤철이 안으로 들어서자 덩치 사내는 곧장 문을 잠갔다.

"혹시 모르니 몸수색 좀 하겠습니다. 요즘 단속이 심해서 말입니다."

"그럽시다."

한윤철은 가만히 고개를 끄덕였다. 덩치 사내가 한윤철의 몸을 이리저리 더듬었다.

이내 덩치 사내는 수색을 끝내고 앞장서서 걸음을 옮기기 시작했다.

"이쪽으로 오시죠."

한윤철은 조용히 사내의 뒤를 따랐다. 주위 가득한 골동품에서 오래된 물건 특유의 냄새가 전해졌다.

뒷문 입구에서 멈춰 선 덩치 사내는 바닥에 놓여 있는 낡은 나무 상자를 치웠다.

그 아래에 깔린 카펫을 들어내고 바닥에 난 홈에 손을 넣고 힘을 주자 지하로 이어진 계단이 모습을 드러냈다.

'이러니 단속에 안 걸릴 수밖에.'

차이나타운 내의 불법 도박장은 사실 검찰 내부에서도 잘 알려져 있었다.

검경 합동으로 단속을 벌여 수많은 도박장을 폐쇄시킨 적도 많았다. 하지만 그래도 불법 도박장을 완전히 없앨 수는 없었다.

가장 오래된 불법 도박장 서너 곳은 아무리 찾으려 해도 그 위치를 알 수 없었다. 만물상의 지하에 있는 도박장도 그 중 하나였다.

"여깁니까?"

한윤철은 바로 들어가지 않고 덩치 사내에게 물었다. 덩치 사내는 대답 대신 고개를 끄덕였다.

한윤철이 계단을 내려가자 덩치 사내는 그대로 문을 닫고 주위를 원래대로 되돌려 놓았다. 문이 닫혔지만 주위는 밝았다.

한윤철은 천천히 계단을 내려갔다. 마지막 계단을 내려서자 일렬로 두엇이 간신히 지날 수 있을 것 같은 복도가 보였다.

복도를 따라 걸음을 옮기던 중 촤륵, 하며 쌓여 있던 무언가가 무너지는 소리가 들려왔다. 눈앞에 있는 문 안에서 들려온 소리였다.

아마도 판돈을 대신한 칩이 무너지는 소리리라. 멈춰 선 한윤철은 문고리를 잡고 돌렸다. 잠겨 있지는 않았다.

문을 열자 담배 연기가 자욱한 전형적인 불법 도박장의 모습이 눈에 들어왔다.

"에이쌍! 또 졌네!"

"클클. 그러니까 내 진작 손 떼라고 말했잖수. 당신은 도박에 소질이 없다고."

"뭐요?!"

한쪽 옆에서 마작을 하던 자들의 실랑이가 들려왔다. 천천히 고개를 돌리자 다른 쪽에서는 블랙잭을, 한편에서는 화투로 섰다를 치는 곳도 있었다.

한가운데에는 룰렛까지 있는 걸로 보아 지상으로 드러난 건물보다 지하 도박장의 규모가 훨씬 컸다.

"낯선 얼굴인데… 여긴 처음인가 보죠?"

가슴이 훤히 드러나 보이는 치파오를 입은 중년 여성 하나가 한윤철에게 다가왔다.

가느다란 대나무로 만들어진 담뱃대를 물고 있는 여성의 매혹적인 모습을 한윤철은 멍하니 바라보며 고개를 끄덕였다.

"예, 처음입니다. 리 대인 소개로……. 근데 당신은?"

치파오 여성은 고혹적인 미소를 지으며 말을 이었다.

"아참, 제 소개를 잊었네요. 전 이곳 관리를 책임지고 있는 마담 셴이라고 해요. 앞으로 무슨 곤란한 일이 있으면 저를 찾으시면 될 거예요."

"아, 잘 부탁드립니다."

한윤철은 일부러 어수룩해 보이도록 뒷머리를 긁적이며 마담 셴에게 악수를 청했다.

마담 셴은 담배를 한 모금 빨아 당기며 한윤철의 손을 잡았다.

"뭘요. 오히려 제가 잘 부탁드려야죠."

셴이 담배 연기를 뿜어내자 뒤쪽에서 누군가의 낮은 외침이 들려왔다.

"마담! 여기 칩 좀 바꿔 줄 수 있을까?"

"예, 지금 가요. 그럼 앞으로 자주 뵐게요."

까닥 목례를 하고 셴은 돌아서서 빠른 걸음으로 시야에서 사라졌다. 멍하니 셴의 뒷모습을 바라보던 한윤철은 셴이 뿜어낸 담배 연기를 살짝 들이마셨다.

워낙 오랜만의 담배 연기라 그런지 머리가 핑 돌았다. 하지만 뭔가가 달랐다.

자신이 알고 있는 담배와 냄새가 달랐다. 순간 한윤철의 얼굴이 살짝 굳었다.

'대마초……!'

지방에 있을 때 마약 사범을 체포하며 대량의 말린 대마초를 압수한 적이 있었다. 그것과 아주 흡사한 냄새였다.

그러고 보니 주위 가득한 연기도 모두 대마초 때문인 것 같았다. 자세히 살펴보니 사람들이 물고 있는 담배도 시판되는 것이 아니었다.

아마도 마른 대마 잎을 담배처럼 말아서 피우는 것이리라. 한윤철의 입꼬리가 살짝 말려 올라갔다.

'시작부터 대마초라니. 앞으로 어떤 놈이 더 나올지 잘 지켜봐야겠는걸.'

대마초를 합법화한 국가도 있기는 했지만 한국에서는 여전히 마약으로 분류되고 있었다.

사람들이 피우고 있는 대마초의 모양이 모두 동일한 것으로 보아 도박장에서 제공되는 것으로 보였다.

불법 도박에 대마초까지. 당장에라도 공론화시킬 수 있는 사건이었지만 며칠 더 지켜보는 게 좋을 터였다.

두더지의 말대로 이곳이 국내에 대량의 마약을 공급하는 중추일지도 모르는 일이었으니.

한윤철은 지갑을 꺼내며 낮게 소리쳤다.

"여기 칩 좀 바꿉시다!"

딜러와 블랙잭을 하고 있던 한윤철의 눈빛이 순간 날카

롭게 빛났다.

한쪽 구석에서 마작을 하고 있던 사내가 팔뚝에 주사를 놓고 있는 것을 본 탓이었다.

'헤로인도 취급하는 모양이로군.'

나직이 중얼거리며 한윤철은 마지막 카드 한 장을 딜러에게 받았다.

*　　　*　　　*

커다란 컨테이너 석 대가 창고 앞에 서 있었다. 중국에서 수입한 전통 가구가 가득한 컨테이너였다.

명륜실업의 사장, 안인수는 직원들을 닦달했다.

"밤새도록 일하고 싶지 않으면 빨리빨리 움직이라고. 어이, 거기! 뭐하는 거야? 가구에 상처 나지 않게 조심해서 옮기라는 소리 못 들었어?"

안인수는 짜증이 가득 섞인 표정을 지으며 컨테이너와 창고를 분주하게 오가는 직원들을 바라보았다.

수입품인 전통 가구는 손바닥만 한 패물함부터 이불을 넣은 커다란 장롱까지 매우 다양했다.

안인수의 닦달이 통한 것인지, 직원들은 생각보다 빠른 속도로 컨테이너 하나를 비웠다.

하지만 아직 두 대가 더 남아 있었다. 두 번째 컨테이너를 중간 쯤 비웠을 무렵, 두툼한 나무로 만들어진 탁자를 옮기던 직원 하나가 돌부리에 걸려 비틀거렸다.

"어, 어엇!"

"헉! 조, 조심하라고!"

안인수가 미간을 찌푸리며 버럭 소리쳤다. 하지만 몸의 균형을 잡지 못한 직원은 그대로 앞으로 고꾸라졌다.

콰작, 하는 소리와 함께 탁자 다리 두 개와 반 뼘 정도 두께의 판이 부러졌다.

순간 안인수의 얼굴이 창백해졌다. 부러진 판의 내부에 들어 있던 비닐 봉투가 찢어지며 허연 가루를 흩날린 탓이었다.

"이봐! 조, 조심하라고 했잖아! 짤리고 싶어?"

안인수는 버럭 소리치며 후다닥 달려가 다른 직원이 볼 수 없게 부러진 탁자를 몸으로 가렸다. 허연 가루를 몸에 뒤집어 쓴 직원은 어리둥절한 표정이었다.

"사, 사장님. 이게 뭐죠……?"

몸에 묻은 가루를 털어내며 직원은 나직이 중얼거렸다.

안인수는 굳은 얼굴로 한쪽 무릎을 꿇고 직원의 몸에 묻은 가루를 털어냈다.

"어디 다치지는 않았나? 사장실에 가서 자세히 한 번 살펴보자고."

안인수는 직원의 어깨를 부축해 일으켰다. 그리곤 컨테이너 앞에 있는 사내 둘에게 눈짓했다. 두 사내는 후다닥 다가와 부서진 탁자를 수습했다.

"괘, 괜찮습니다, 사장님. 안 다쳤어요. 계, 계속 일해야죠."

몸을 일으킨 직원은 고개를 절레절레 흔들었다. 안 그래도 심한 불경기에 혹시나 회사에서 해고라도 당하면 큰일이었다.

안인수는 억지 미소를 지으며 말을 이었다.

"어허! 거기 다쳤구만 무슨 소리야? 치료가 먼저니 어서 안으로 들어가자고."

안인수는 직원의 무릎을 가리켰다. 넘어지다가 바닥에 긁히기라도 한 것인지 피가 배어 나오고 있었다.

그제야 통증을 느낀 듯 직원이 살짝 인상을 찌푸렸다. 안인수는 거의 반쯤 끌고 가다시피 직원을 사장실로 데려왔다.

안인수의 과도한 친절에 직원은 어리둥절한 얼굴이었다. 평소 안인수는 작은 실수에도 불같이 호령하던 다혈질이었다. 직원이 이상하다고 생각하는 것은 당연한 일이었다.

"저기 사장님⋯⋯."

직원은 안인수의 눈치를 보며 조심스레 입을 열었다. 안인수는 누가 봐도 억지로 꾸민 것처럼 보이는 어색한 미소를 지으며 말했다.

"응? 왜 그러나?"

"제, 제가 실수로 부순 상품은 월급에서 제하겠습니다. 그러니까 제발 해고는……. 부탁드립니다, 사장님. 여기서 짤리면 저희 세 식구 다 굶어 죽습니다. 제발, 부탁드립니다."

직원은 거의 절하듯 상체를 깊이 숙이며 간절히 말했다. 안인수는 씨익 미소를 지으며 직원의 어깨를 툭툭 쳤다.

"허허. 거참. 내가 실수 하나 했다고 직원을 마구 자르는 폭군처럼 보였나? 해고 안 할 테니 걱정 말라고."

"저, 정말이십니까?"

직원은 휘둥그런 눈으로 안인수를 쳐다보았다. 안인수는 가만히 고개를 끄덕였다.

"물론이지."

"가, 감사합니다! 정말 감사합니다, 사장님!"

직원은 거의 눈물을 쏟을 듯 그렁그렁 물기 맺힌 눈으로 안인수의 양손을 꽉 붙잡았다. 곧장 안인수의 말이 뒤이어졌다.

"대신 조금 전에 있었던 일은 아무에게도 말하지 않는다고 약속해 줘야 하네."

"물론입니다. 암요, 아무한테도 말하지 않겠습니다! 입 꼭 잠그겠습니다."

"믿겠네."

"걱정 마십시오, 사장님!"

직원의 대답에 안인수는 가만히 고개를 끄덕였다. 천천히 몸을 일으킨 안인수는 구급상자를 찾아 붕대와 연고를 꺼냈다.

"이걸로 다친 데부터 치료하게."

"감사합니다!"

직원은 감격에 겨워 아픈 줄도 모르고 크게 긁힌 상처에 연고를 바르고 붕대를 감았다. 대충 치료를 한 직원은 벌떡 일어나 밖으로 나갔다.

"그럼 나가서 계속 일하겠습니다."

"그래. 일 보게."

밖으로 나가는 직원의 뒷모습을 가만히 지켜보던 안인수의 귓가에 낮은 음성이 들려왔다.

"그냥 내버려 두실 겁니까, 사장님?"

천천히 고개를 돌리자 부서진 탁자를 수습한 직원 중 하나가 창가에 서 있었다.

안인수는 피식 미소를 지으며 가만히 고개를 내저었다.

"설마. 내가 불안 요소를 그대로 내버려 둘 거라고 생각하는 건 아니겠지? 이 과장이 알아서 잘 처리하도록."

"알겠습니다."

"혹시 다른 직원이 물건을 보지는 않았겠지?"

"물론입니다. 사장님께서 몸으로 가린 덕에 아무도 보지 못했습니다."

"다행이로군그래."

안인수는 나직이 안도의 한숨을 내쉬며 소파에 깊숙이 몸을 뉘였다.

직원 하나를 제거하는 것으로 뒤처리를 깔끔하게 끝낼 수 있으니 그나마 다행이었다.

자칫하다간 수년 간 이어온 사업을 망쳐 버릴 수도 있는 일이었으니.

"그러고 보니 조금 전에 위에서 연락이 왔습니다."

"응? 그걸 왜 지금 말하는 거야?"

안인수는 눈을 휘둥그레 뜨고 벌떡 일어나 이 과장을 쏘아 보았다. 이 과장은 살짝 고개를 숙인 채 말을 이었다.

"부서진 탁자를 처리하던 중에 온 겁니다."

"그래? 뭐라고 하던가?"

"'암룡' 중 한 분께서 곧 방문하실 거라고 합니다."

"뭐? 그 '암룡'이? 여긴 왜?"

전혀 예상 밖의 말에 안인수는 화들짝 놀라며 물었다. '암룡' 이라면 구룡회에서 수년에 걸쳐 심혈을 기울여 키워 낸 킬러를 말하는 것이 아닌가.

지금까지 별다른 실수 없이 모든 일을 처리해 온 자신에게 죽음의 사자인 '암룡' 이 찾아온다니. 말도 안 되는 소리였다.

"글쎄요? 그저 개인적인 용무가 있다고밖에는 말씀하시지 않았습니다."

"개인적인 용무라고?"

안인수는 그나마 약간 안심했다. 구룡회에서 자신을 제거하려고 한다면 대놓고 암룡이 방문할 거라 연락을 하지는 않을 것이다.

암룡은 그 이름대로 은밀하게 접근해 타깃을 제거하는 것으로 유명하지 않던가.

"자세한 것은 만나서 하자고 했습니다. 저녁 때 즈음에 도착할 거라고 하시더군요."

"귀한 손님 맞을 준비를 해야겠군. 해가 지기 전까지 하역 작업을 끝내야겠어. 직원들에게 서두르라고 전하게. 아니, 내가 직접 가서 지켜봐야겠군."

마음이 급해진 안인수는 그대로 사장실 밖으로 후다닥 달려나갔다.

가만히 안인수의 뒷모습을 바라보던 이 과장의 인상이 변했다. 살기마저 느낄 정도로 눈빛이 날카롭게 번뜩였다. 이 과장은 탐욕스러운 미소를 지으며 나직이 중얼거렸다.

"그 유명한 '암룡' 께서 오신다니. 잘만 이용하면 사장을 제거하고 내가 그 자릴 차지할 수 있는 기회가 될지도 모르겠는데?"

                    *   *   *

평일 대낮인데도 차이나타운은 오가는 사람들로 붐볐다. 정찬혁은 신유진과 함께 천천히 걸음을 옮기기 시작했다.

만물상의 위치는 대강이나마 알고 있었다. 얼마 지나지 않아 정찬혁은 만물상을 찾을 수 있었다. 글자가 다 지워져 가는 간판을 확인한 정찬혁은 나직이 중얼거렸다.

"저기로군."

정찬혁은 조금 떨어진 곳에서 걸음을 멈췄다. 신유진이 고개를 갸웃하며 물었다.

"바로 가보지 않을 거예요?"

"해가 질 때까지 근처에서 시간을 보내도록 하지. 어차피 도박장은 밤에나 열릴 테니."

"그럼 우리 맛있는 거 먹으러 가요!"

기다렸다는 듯 신유진이 미소를 지으며 소리쳤다. 하지만 정찬혁은 가만히 고개를 내저었다.

"혼자 다녀와라. 상황을 지켜봐야 하니 나는 저쪽 찻집에 있겠다."

"에이. 그러지 말고 같이 가요."

"거절한다."

정찬혁은 그대로 자신이 말한 찻집으로 향했다. 물끄러미 그 모습을 바라보던 신유진은 나직이 한숨을 내쉬었다.

이내 신유진은 투덜거리며 유명한 자장면 골목으로 걸음을 옮기기 시작했다.

"칫! 싫으면 말라고요. 나 혼자 다 먹을 테니까."

자룡(紫龍)이라는 간판이 내걸린 찻집에 자리를 잡은 정찬혁은 철관음(鐵觀音)을 시켜 놓은 채 가만히 만물상 쪽을 지켜보았다.

간간히 골동품을 사러 오는 손님이 보였다. 두어 시간이 지나 해질 무렵이 되자 주위를 힐끔힐끔 둘러보다 만물상으로 들어가는 사람들이 몇몇 보였다.

20여 분이 지나도 나오지 않는 것으로 보아 도박장을 찾은 자들 같았다.

"어때요?"

언제 나타난 것인지 신유진이 포만감이 가득한 얼굴로 다가와 물었다.

정찬혁은 아무런 대답 없이 가만히 만물상을 바라보았다. 신유진은 나직이 한숨을 내쉬며 정찬혁의 맞은편에 앉았다.

"에휴. 내가 말을 말아야지. 여기요! 메뉴판 좀 주시겠어요?"

"여기 있습니다, 손님!"

안 그래도 차 한 잔 시켜 놓고 서너 시간을 앉아 있는 정찬혁이 못마땅했던 것인지, 기다렸다는 듯 점원이 달려와 메뉴판을 내려놓았다. 대충 메뉴판을 살피던 신유진은 곧장 차를 주문했다.

"여기 월병 세 개랑 죽엽차 주문할게요."

"예! 곧 가져다 드리겠습니다!"

점원은 미리 만들어 놓은 월병을 가져와 내려놓고 메뉴판을 가져갔다.

신유진은 월병 하나를 우적 씹으며 힐끗 정찬혁을 바라보았다. 여전히 정찬혁은 만물상 쪽을 바라보고 있었다.

신유진은 낮게 혀를 차며 월병 하나를 통째로 입속에 밀어 넣었다.

도박을 위해 만물상을 찾은 사람이 10여 명에 이르렀을 때에야 정찬혁은 천천히 몸을 일으켰다.

처음에는 사람이 아예 없을 때 찾아갈까 했지만 하는 김에 도박장도 반쯤 박살 내줄 생각이었다.

"금방 다녀올 테니 여기서 기다려."

정찬혁은 뒤따라오려는 신유진을 막았다. 위험하기도 했지만 신유진이 같이 있으면 자신의 행동을 막으려 들지도 모르는 일이었으니.

신유진은 별다른 불평 없이 자리에 앉았다. 나직한 한숨이 귓가에 들려오긴 했지만 무시하고 정찬혁은 만물상을 향해 다가갔다.

끼이—

문을 열자 경첩이 낮은 비명을 토해냈다. 불이 켜져 있기는 했지만 조도가 낮아선지 달빛 아래에 있는 것 같았다. 오래된 골동품들이 가득했다.

"어서 오십쇼!"

뒤편에 있던 사내가 막 안으로 들어서는 정찬혁을 보고 낮게 소리쳤다.

정찬혁은 말없이 사내를 바라보았다. 골동품 가게와는 전혀 어울리지 않는 건장한 체격의 사내였다.

한쪽 볼에 난 긴 흉터와 우락부락한 근육질, 거기에 주먹에는 굳은살이 배겨 있었다. 정찬혁은 가만히 입구에 선 채 천천히 입을 열었다.

"첸 대인께서 보내셨다."

"헉! 지, 지금 뭐라고……?"

근육 사내는 화들짝 놀라며 반문했다. 정찬혁은 아무렇지도 않게 다시 말했다.

"첸 대인께서 보내셨다."

"이, 이쪽으로 오십시오. 당장 안내해 드리겠습니다."

근육 사내는 덩치에 맞지 않게 굽실거리며 정찬혁을 도박장으로 이어진 지하 계단으로 안내했다.

정찬혁이 계단을 내려가기 시작하자 근육 사내는 여느 때처럼 주위를 원래대로 돌려놓은 후, 급히 전화를 걸었다.

"셰, 셴 누님! 지금 첸 대인께서 보냈다는 분이 아래로 내려갔습니다."

계단 중간쯤에 멈춰선 정찬혁은 가만히 사내의 다급한 음성에 귀를 기울였다.

첸이 보낸 사람이라고 해뒀으니 도박장의 관리 책임자에게 급히 전화를 한 것이리라. 정찬혁은 다시 걸음을 옮기기 시작했다.

"어느 정도로 준비해 놓을지 기대되는군."

정찬혁은 최대한 느린 걸음으로 계단을 내려갔다. 이내

허연 연기가 새어 나오는 도박장의 입구에 닿았다.

문을 열자 기다렸다는 듯 육감적인 몸매의 중년 여성이 다가왔다. 여성의 몸에서는 양호창이나 조태식보다 훨씬 짙은 검은 기운이 뿜어져 나오고 있었다.

숙주에 가까워지고 있다는 증거였다. 여성은 정찬혁에게 정중히 인사를 하며 입을 열었다.

"관리 책임자 마담 셴이라고 합니다. 쳰 대인께서 보내셨 다고……."

정찬혁은 대답 대신 가만히 고개를 끄덕였다. 눈빛이 살짝 흔들리는 것으로 보아 자신이 가짜라는 것을 알고 있음에도 모른 체하는 것 같았다.

'매복이 있겠군.'

당연한 일이었다. 정찬혁은 피식 미소를 지으며 입을 열었다.

"쳰 대인의 전언이다."

"잠깐. 여기서는 듣는 귀가 많으니 이쪽으로 오시지요."

마담 셴은 오른손 검지를 입술에 살짝 갖다 대며 찡긋 윙크를 했다.

정찬혁이 고개를 끄덕이자 셴은 돌아서서 도박장을 가로 질러 어딘가로 걸음을 옮기기 시작했다. 정찬혁은 가만히 그 뒤를 따랐다.

도박장에는 10여 명의 사람이 도박에 열중하고 있었다. 사람들은 담배가 아닌 무언가를 피우고 있었다. 냄새로 보아 대마초 같았다.

흥분한 채 팔을 걷어붙이고 있는 한 사내의 팔뚝에는 피하주사 자국이 여러 개 보였다. 정제된 마약을 주사한 자국이었다.

"아오! 또 아깝게 졌구만!"

"클클. 자넨 나한테 안 된다니까."

도박꾼들의 잡담이 귓가에 날아들었다. 정찬혁은 피식 미소를 지으며 걸어 나갔다.

셴은 앞을 막아선 두꺼운 커튼을 들어 올렸다. 두 사람이 나란히 걸을 수 있는 복도가 드러났다.

정찬혁은 한 걸음 뒤에서 셴을 조용히 따랐다. 이내 창고 겸 사무실로 보이는 넓은 공간이 눈에 들어왔다.

"여기 앉으시죠."

셴은 한가운데에 있는 소파를 가리켰다. 정찬혁이 자리에 앉자 셴은 차를 준비해 그 맞은편에 앉았다. 자신의 앞에 놓인 찻잔을 힐끗 본 정찬혁이 입을 열었다.

"차분히 대화할 수는 없겠군. 사방에서 살기가 느껴지니 말이야."

순간 셴이 어깨를 움찔했다. 하지만 전광석화같이 벌떡

일어나 뒷걸음질 치며 소리쳤다.

"모두 덮쳐!"

"예, 마담!"

커다란 대답과 함께 쇠파이프와 회칼을 든 건장한 사내 십여 명이 주위에 쌓여 있는 나무 상자 사이에서 달려 나왔다. 정찬혁은 입꼬리를 살짝 말아 올리며 나직이 중얼거렸다.

"진작 이럴 것이지."

정찬혁은 자신의 정면에서 굵은 쇠파이프를 들고 달려드는 사내에게 몸을 날렸다.

"죽어랏!"

사내는 버럭 소리치며 정찬혁의 머리를 노리고 쇠파이프를 내려쳤다.

순간 정찬혁이 바닥을 박차고 사내의 가슴으로 파고들었다. 갑작스러운 속도 변화에 쇠파이프는 그대로 바닥을 내리쳤다.

정찬혁은 오른쪽 팔꿈치로 사내의 명치를 후려치며 동시에 발을 걸었다.

쾅—!

커다란 소리와 함께 사내가 쓰러졌다. 비명도 지르지 못하고 기절한 것이 바닥에 뒤통수를 부딪친 것 같았다.

정찬혁은 눈길 하나 주지 않고 다음 상대를 찾아 시선을 돌렸다. 회칼을 든 사내 둘이 거의 동시에 정찬혁의 좌우에서 달려들었다.

정찬혁은 가볍게 허리를 뒤틀어 두 사람의 회칼을 피했다. 살짝 스치긴 했지만 옷만 찢어졌을 뿐 상처가 나지는 않았다.

정찬혁은 자신을 중심으로 좌우에 교차된 두 사람의 팔을 잡고 힘껏 몸을 비틀었다. 우드득, 소리와 함께 두 사내가 회칼을 떨어뜨리고 비명을 토해냈다.

"우, 우아악!"

"내, 내 팔이!"

부러진 뼈가 근육을 뚫고 튀어나올 정도로 팔이 뒤틀린 두 사람은 그대로 바닥을 뒹굴었다. 정찬혁은 곧장 뒤로 한 걸음 물러났다.

카캉!

날카로운 금속성이 터져 나왔다. 달려든 사내 하나가 정찬혁이 있던 자리에 쇠파이프를 강하게 내리친 탓이었다.

워낙에 세게 내리친 탓에 불똥이 튀고 반동을 이기지 못한 사내가 쇠파이프를 떨어뜨렸다.

정찬혁이 달려들어 무릎으로 사내의 얼굴을 내리찍었다.

"커헉!"

부러진 이빨과 피가 허공으로 튀었다. 쓰러지려는 사내의 몸을 지지대로 정찬혁은 허공에 훌쩍 뛰어 올랐다.

부러진 사내의 이빨 두 개를 허공에서 낚아 챈 정찬혁은 빙글 몸을 돌려 손가락으로 이빨을 튕겨 냈다.

피핏―!

낮은 파공성과 함께 총알처럼 튕겨 나간 주위에 있던 두 사내의 무릎과 허벅지에 깊숙이 틀어박혔다.

아직까지 쓰러지지 않은 자는 모두 다섯이었다. 정찬혁은 천장을 박차고 가까이 있는 사내에게 달려들었다.

쏜살같이 떨어지는 정찬혁의 움직임에 사내는 아무런 반응도 하지 못했다.

빠각, 하는 뼈가 부러지는 소리와 함께 두 팔이 부러져 비명을 질러댔을 뿐이었다.

"크아아악!"

쓰러지려는 사내의 멱살을 틀어쥔 정찬혁은 그대로 달려드는 다른 사내들에게 힘껏 밀었다.

"어엇!"

"으헉!"

대포알처럼 거센 기세로 날아드는 사내의 몸을 다른 두 사내는 받아내지 못하고 당황한 신음을 토해냈다.

너무 강한 힘이라 두 사내는 주룩 뒤로 튕겨 나갔다. 남은 것은 장검을 든 사내 하나와 셴뿐이었다.

"이, 이럴 수가……."

셴은 경악한 얼굴로 등을 보인 정찬혁을 바라보았다. 채 5분도 되지 않은 짧은 시간에 싸움에는 이력이 난 사내 10여 명을 순식간에 제압해 버리다니.

도저히 믿기지 않는 일이었다. 정찬혁은 남은 한 사내를 바라보며 천천히 입을 열었다.

"어때? 계속할 텐가?"

꿀꺽!

긴장한 사내가 침을 삼키는 소리가 들려왔다. 셴이 파르르 떨리는 음성으로 소리쳤다.

"뭐, 뭐하는 거야? 당장 놈을 쓰러뜨리지 않고!"

"우, 우아악!"

순간 사내는 버럭 소리치며 반사적으로 정찬혁에게 달려들었다.

정찬혁은 피식 미소를 지으며 나직이 중얼거렸다.

"포기가 느리군."

사내는 저도 모르게 침을 꿀꺽 삼켰다. 벌써 몇 판이나 지고 있었지만 이번 패만 잘 들어오면 한 방에 모든 것을 역전시킬 수 있었다.

사내는 다시 한 번 패를 확인했다. 평생에 한 번 나올까 말까한 하나 모자란 국사무쌍이었다. 남은 패는 네 개의 풍 패 중, '남(南)' 자 패였다.

사내는 속으로 남자 패가 나오기를 빌고 또 빌었다. 순간 원하던 남자패가 뒤집혔다. 사내는 속으로 쾌재를 부르며 급히 손을 뻗었다.

순간!

콰장창!

네 사내가 마작을 하고 있는 탁자에 무언가가 날아와 패 를 모두 사방으로 흩날려 버렸다.

국사무쌍을 앞두고 있던 사내는 남자 패를 손에 든 채로 굳어버렸다. 이내 퍼뜩 정신을 차린 사내는 벌떡 일어나며 소리쳤다.

"대체 무슨 지⋯⋯!"

하지만 탁자를 박살 내고 피투성이로 쓰러져 있는 한 사 내의 모습에 순간 말이 탁 막혔다.

콰장창! 쿠당탕―!

도박장 한쪽 끝에서 다시 피투성이가 된 두엇이 날아와 룰렛판과 블랙잭 테이블을 박살 냈다.

대마초에 취해 도박을 즐기고 있던 사람들은 저마다 놀 란 눈으로 벌떡 일어나 피투성이 사내들이 날아온 방향을 처다보았다.

한 사내가 피식 미소를 지으며 천천히 걸어 나오고 있었다. 자신을 바라보고 있는 사람들을 바라보며 사내, 정찬혁이 천천히 입을 열었다.

"이제 놀이는 끝났다."

"저기, 손님?"

턱을 괴고 만물상 방향을 가만히 바라보고 있던 신유진의 귓가에 낮은 음성이 들려왔다. 고개를 돌리자 난감해하는 표정의 점원이 보였다.

"네?"

신유진이 고개를 갸웃하자 점원이 조심스레 입을 열었다.

"죄송합니다만 합석이 가능할까요? 빈자리가 없어서……."

"아, 네. 괜찮아요."

신유진이 고개를 끄덕이자 점원은 안도의 한숨을 내쉬며 중년 사내를 데려왔다. 미안하다는 듯 중년 사내는 신유진에게 까딱 목례를 했다.

신유진은 괜찮다는 듯 미소를 지었다. 중년 사내가 맞은편에 앉자 신유진은 차를 한 모금 마시며 만물상 쪽으로 고개를 돌렸다.

막 밖으로 나오는 정찬혁의 모습이 눈에 들어왔다. 신유진은 벌떡 일어나 후다닥 밖으로 달려나갔다.

"죄송해요. 기다리던 일행이 온 것 같아서요."

당황하는 점원을 뒤로한 채 신유진은 곧장 정찬혁에게 달려갔다. 옷이 몇 군데 찢어지고 피가 묻어 있는 것이 보였다.

"대체 무슨 짓을 한 거예요?"

"막무가내로 덤벼들어 어쩔 수 없었다."

"일부러 유도한 건 아니구요?"

정찬혁은 대답대신 피식 미소를 지었다. 신유진은 나직이 한숨을 내쉬며 물었다.

"숙주는요?"

"없었다. 다른 곳으로 가지."

정찬혁은 차를 세워둔 공용주차장으로 걸음을 옮기기 시작했다.

신유진은 거푸 한숨을 내쉬며 종종걸음으로 그 뒤를 따랐다.

*   *   *

한윤철은 퇴근하자마자 곧장 차이나타운으로 향했다. 인천까지 가는 길은 역시나 꽉 틀어 막혀 있었다.

　최대한 막히지 않는 길을 골라 보았지만 퇴근길이라 쉽게 정체가 풀리지 않았다.

　내비게이션의 안내와 끼어들기를 최대한 사용해 한윤철이 차이나타운에 도착한 것은 퇴근한지 거의 3시간여가 지난 후의 일이었다.

　공용주차장에 차를 세워 놓은 한윤철은 곧장 만물상으로 향했다. 낡은 만물상의 간판이 금세 보였다. 그런데 어젯밤과는 조금 분위기가 달랐다.

　문틈으로 빛이 전혀 새어 나오지 않고 있었다. 고개를 갸웃하며 한윤철은 문을 두드렸다. 안에서는 아무런 반응도 없었다.

　"아무도 없습니까?"

　한윤철은 조심스레 사람을 불러보았다. 별다른 반응이 없었다. 혹시나 싶어 한윤철은 문고리를 잡고 돌렸다.

　잠겨 있지 않고 자연스레 문이 열렸다. 한윤철은 짐짓 긴장한 얼굴로 천천히 안으로 들어갔다. 아무래도 무슨 일이 벌어진 모양이었다.

　불이 꺼진 골동품 가게는 을씨년스러웠다. 한윤철은 천천히 안으로 들어갔다.

도박장으로 들어가는 계단 입구에 한 사내가 거품을 물고 쓰러져 있는 것이 보였다. 팔다리의 각도가 기묘하게 꺾여 있는 것이 부러진 것 같았다.

'젠장! 이럴 줄 알았으면 호신용 스턴 건이라도 가져 오는 건데.'

침을 꿀꺽 삼키며 한윤철은 계단을 내려갔다. 지하 도박장은 처참한 몰골이었다.

멀쩡한 것은 하나도 없고 모조리 다 부서져 있었다. 게다가 바닥에 널브러진 피투성이의 사람들은 거의 서른에 가까웠다.

"대체 무슨 일이 있었던 거지?"

한윤철은 저도 모르게 나직이 중얼거렸다. 순간 부스럭거리는 소리가 귓가에 들려왔다.

한윤철은 경계심을 늦추지 않고 소리가 들린 방향으로 천천히 걸음을 옮겨갔다. 도박장 끄트머리에는 두꺼운 커튼으로 가려져 있었다. 커튼을 젖히자 복도가 나타났다.

한윤철은 바닥에 있는 쇠파이프를 집어 들었다. 순간.

"괴, 괴물이야! 괴물이라고!"

누군가 버럭 소리치며 한윤철에게 달려들었다. 움찔하며 한윤철이 물러나자 달려든 인영은 그 자리에 풀썩 쓰러졌다. 온몸에 피칠갑을 하고 있는 마담 셴이었다.

"무슨 일입니까, 마담 셴!"

한윤철은 반쯤 정신을 놓고 있는 셴의 어깨를 흔들며 질문을 던졌다.

하지만 셴은 횡설수설하며 제대로 된 대답을 하지 못했다. 아무래도 셴이 달려 나온 안쪽에 무언가 있는 것 같았다.

한윤철은 죽도를 드는 것처럼 쇠파이프를 고쳐 쥐고는 천천히 안쪽으로 걸어 들어갔다.

이내 창고처럼 보이는 넓은 공간이 나타났다. 도박장처럼 건장한 덩치의 사내들이 나무 상자에 처박혀 있거나 바닥에 널브러져 있었다.

"저, 저건……!"

한윤철은 낮게 신음하듯 소리쳤다. 부서진 나무 상자 사이로 흘러내린 하얀 가루가 눈에 띤 탓이었다.

천천히 다가간 한윤철은 하얀 가루를 손가락에 찍어 맛을 봤다.

씁쓸한 맛이 혓바닥에 퍼지자 한윤철은 왈칵 인상을 찌푸리며 침을 뱉었다.

"헤로인… 이로군!"

주위를 좀 더 둘러보았지만 기절한 사내들밖에 없었다. 헤로인 정제시설도 보이지 않는 것으로 보아 두더지의 정보대로 다른 곳에서 마약을 받아오는 듯했다.

한윤철은 곧장 셴에게 달려가 질문을 던졌다.

"헤로인은 어디서 구했지? 출처가 어디야!"

"으, 으어어!"

"대체 어디냐고!"

한윤철은 셴의 어깨를 꽉 움켜쥐고 마구 흔들었다. 하지만 셴은 제대로 된 대답을 할 수 있는 상황이 아니었다.

아무리 해도 답을 얻을 수 없자 한윤철은 길게 한숨을 내쉬며 천천히 몸을 일으켰다. 품속에서 휴대폰을 꺼낸 한윤철은 인천지검에 있는 동기에게 전화를 걸었다.

상대가 전화 받기를 기다리는 중, 셴의 나직한 음성이 들려왔다.

"며, 명륜실업… 위험…….."

파르르 입술이 떨리고 소리가 제대로 나오지 않아 단어 몇 개만 뱉어낸 셴은 그대로 스륵 기절해 버렸다.

그 몇 단어를 알아들은 한윤철이 놀란 눈으로 나직이 중얼거렸다.

"명륜… 실업이라고?"

그 순간 수화기에서 익숙한 친구의 음성이 들려왔다.

─윤철이냐? 무슨 일이냐? 갑자기 이런 시간에 갑자기 전화를 다하고.

퍼뜩 정신을 차린 한윤철이 천천히 입을 열었다.

"너 실적 하나 올려 주려고 전화했다."

—응? 그게 뭔 헛소리냐?

"제법 굵직한 사건이다. 마약 밀매. 네 관할이니 와서 처리 좀 해줘야겠다."

—마약 밀매? 어디냐? 지금 당장 갈게.

한윤철의 말에 상대는 흥분한 것 같았다. 한윤철은 피식 미소를 지으며 한 마디 했다.

"차이나타운."

Rule *03*

짐승 대 짐승

"그게 사실입니까?"

안인수의 질문에 웨이 밍은 미소를 띤 채 가만히 고개를 끄덕였다.

여유가 가득한 웨이와는 달리 안인수는 불안한 얼굴로 말을 이었다.

"그런데 왜 가만히 계신 겁니까? 위에 연락해서 막아야 하지 않습니까!"

웨이는 씨익 미소를 지으며 천천히 입을 열었다.

"그래서 내가 온 거다. 어중이떠중이 수십 명보다 나 하나가 훨씬 도움이 될걸?"

"하지만……."

여전히 불안한 듯 안인수는 말꼬리를 흐렸다. 순간 웨이의 얼굴에서 미소가 사라졌다.

자신을 향한 웨이의 날카로운 눈빛에 안인수는 저도 모르게 어깨를 움찔했다. 뱀처럼 번들거리는 웨이의 눈빛을 마주할 수 없었다.

웨이가 천천히 입을 열었다.

"나로서는 부족하다… 이 말인가?"

싸늘한 웨이의 말이 귓가로 날아들었다. 안인수는 고개를 깊이 숙인 채 파르르 떨리는 입술을 억지로 열었다.

"아, 아닙니다. 그, 그럴 리가요."

웨이는 피식 미소를 지으며 말했다.

"아직 하역 작업이 끝나지 않은 걸로 아는데. 넌 그거나 마무리 짓고 있어라. 다른 일은 내가 모두 막아 줄 테니."

"아, 알겠습니다. 그럼 부탁드리겠습니다."

안인수는 몇 번이고 넙죽넙죽 인사를 하며 뒷걸음질로 물러났다.

웨이가 있는 사장실을 벗어나며 안인수는 나직이 안도의 한숨을 내쉬었다. 등줄기가 어느새 식은땀으로 흠뻑 젖어 있었다.

명륜실업의 진짜 일은 일반 직원들이 퇴근한 이후에 시작된다.

하역을 마친 전통 가구 내부에 숨겨진 헤로인을 회수하는 일이었다.

매일 밤이면 명륜실업의 직원 80여 명 중, 구룡회의 조직원인 20여 명이 헤로인 회수 작업을 했다.

보통은 하룻밤 만에 작업을 끝낼 수 있었지만 이번에는 전에 없이 대량을 밀수한 탓에 최소한 사흘은 걸릴 터였다.

"빨리빨리 하자고. 이렇게 늑장 부릴 틈이 없어!"

일손이 워낙에 모자란 터라 사장인 안인수마저 직접 헤로인 회수 작업을 하고 있었다.

보통 안인수는 작업 감독만 하는 터라 불평이 많았다. 그렇다고 대놓고 티를 낼 수는 없었다. 등 뒤에서 느껴지는 웨이의 시선 때문이었다.

안인수는 자신의 눈앞에 있는 커다란 장롱을 열었다. 바닥에 덧대어 놓은 합판을 뜯어내자 움푹 팬 공간이 드러났다. 그 안에는 두꺼운 비닐로 싸여 있는 헤로인이 가득했다.

안인수는 비닐이 터지지 않게 조심스레 헤로인을 꺼내 종이 박스에 담았다.

커다란 장롱이라 들어 있는 헤로인의 양이 꽤나 많았다. 고작 장롱 하나를 처리했을 뿐인데 안인수는 어느새 온몸이 땀으로 흠뻑 젖었다.

허리를 쭉 펴며 안인수는 힐끗 주위를 살폈다. 다른 부하 직원들도 정신없이 헤로인을 꺼내고 있었다. 길게 한숨을 내쉬며 안인수는 옆에 있는 장롱을 열었다.

'지금이다.'

조금 떨어진 곳에서 안인수의 눈치를 살피고 있던 이 과장이 조심스레 뒷걸음질 쳤다.

몰래 창고를 빠져 나온 이 과장은 자신의 차 트렁크를 열었다.

그동안 빼돌린 헤로인이 트렁크 안에 가득했다. 이 과장은 나직이 한숨을 내쉬며 중얼거렸다.

"이것만 처분해도 평생 놀고먹을 수 있을 텐데."

아깝다는 생각이 살짝 들었다. 하지만 더 큰 것을 얻으려면 포기해야만 했다.

이 과장은 트렁크에 있는 헤로인을 종이 상자에 주섬주섬 담기 시작했다. 얼마나 많이 빼돌린 것인지 종이 상자 세 개가 순식간에 헤로인으로 가득 찼다.

"그럼 어디……."

이 과장은 주머니에서 차 키를 꺼냈다. 자신의 것이 아닌 사장, 안인수의 차 키였다.

혹시나 싶어 몰래 복사해 둔 것을 이렇게 써먹게 될 줄은 꿈에도 몰랐었다. 차 트렁크를 연 이 과장은 헤로인이 가득한 상자를 실었다.

트렁크를 닫으며 이 과장은 씨익 미소를 지었다. 안인수를 몰락시킬 준비는 모두 끝났다. 남은 것은.

"지금 바로 알리는 게 좋으려나?"

나직이 중얼거리며 이 과정은 천천히 사장실을 향해 걸음을 옮기기 시작했다.

웨이는 팔짱을 낀 채 가만히 눈을 감고 있었다. 정찬혁과 함께 훈련을 받던 때가 선명하게 떠올랐다.

가장 나이가 어렸지만 지옥과도 같았던 훈련을 악착같이 버텨냈었다.

대화를 나눈 적은 없었지만 무언가 깊은 사연이 있다는 것쯤은 알 수 있었다. 정찬혁의 빛을 잃은 죽은 눈빛 때문이었다.

"복수라……."

이제야 그 눈빛의 의미를 알 수 있을 것 같았다. 이미 마음이 죽었지만 복수를 위해 살아남아야 했던 것이다.

어떻게 된 것인지 자세한 내막을 알 수는 없지만 린의 말로 추측할 수 있는 것은 첸이 바로 정찬혁의 원수였다는 사실이었다.

웨이는 피식 미소를 지었다.

"첸 대인도 악취미로군. 자신의 목숨을 노릴지도 모르는 자를 '암룡'으로 키워 내다니. 하긴 그 덕에 내가 이런 재밌는 일을 하게 되었으니 감사해야겠군."

본래 구룡회에서는 암룡 간의 다툼을 엄금했다. 암룡은 구룡회에서 수많은 노력과 시간을 투자해 완성해 낸 세계 최고의 킬러였다. 그런 힘을 함부로 낭비할 수는 없는 일이었으니.

사실 당시 구룡회에서는 막 훈련을 마친 암룡들의 실력을 시험하기 위해 두 사람을 선별해 대결을 시킨 적이 있었다.

그 결과는 참혹했다. 대결을 한두 사람은 모두 팔다리가 으스러지고 전신 근육이 파열되어 재기불능에 빠졌다.

실력이 다른 킬러들에 비해 월등하게 높았지만 생존률이 극히 낮았던 암룡 두 사람을 그렇게 잃고 난 후, 구룡회의 최고 장로들은 암룡 간의 다툼을 금지시켰다.

암룡의 힘은 오로지 구룡회를 위해서만 사용되어야 했으니 최고 장로들의 명령에 호승심이 강한 몇몇 암룡은 크게 아쉬워했다.

자신이 최고라는 것을 증명할 기회를 박탈당한 것이나 마찬가지였으니. 웨이도 아쉬워한 암룡 중 하나였다.

훈련을 하던 때에도 웨이는 정찬혁을 눈여겨봤었다. 나이는 어리지만 자신과 함께 훈련 받은 자들 중 가장 뛰어났다.

그런 자를 상대할 수 있을지도 모른다니, 이런 기회를 놓칠 수는 없지 않은가.

웨이가 모든 일을 제쳐두고 달려든 것은 바로 그런 이유 때문이었다.

웨이는 천천히 눈을 떴다. 창가에 달빛이 내려앉아 주위를 희미하게 밝히고 있었다. 어쩐지 오늘밤은 조용히 지날 것 같지 않은 예감이 들었다.

웨이는 입꼬리를 말아 올리며 천천히 몸을 일으켰다. 고개를 좌우로 가볍게 흔들자 뚜둑, 하는 소리가 들려왔다.

품속에서 권총을 꺼내든 웨이는 가볍게 총을 점검했다. 마지막으로 슬라이드를 당기자 철컥, 하는 맑은 격철음이 터져 나왔다.

"준비는 끝났다."

주로 암살 임무를 많이 수행하는 웨이였지만, 저격보다는 손아귀에 딱 맞는 글록17을 애용했다.

맨손 격투로 보디가드들을 쓰러뜨리고 타깃의 이마에 9㎜

탄환을 선물하는 것이 웨이의 일처리 방식이었다. 물론 어쩔 수 없이 저격을 하는 경우도 있기는 했지만.

게다가 암룡 출신의 배신자, 정찬혁을 상대하는 일이었다. 자신의 실력을 증명하려면 저격 따위가 아닌 접근전으로 승부를 내야 했다.

사선을 넘나드는 격렬한 죽음의 격투. 그것이 웨이가 바라는 것이었다.

수많은 죽음의 위기를 넘어온 웨이에게는 그동안의 임무는 그저 따분하기만 했다. 아무리 뛰어난 보디가드라 해도 자신의 상대는 전혀 되지 않았으니.

무료한 웨이에게 필요한 것은 자신을 죽음의 절망과 공포를 넘어 선 환희의 세계로 이끌어 줄 상대였다.

정찬혁은 그 상대로 부족함도, 모자람도 없는 자였다. 조병우가 죽기 전에 한 이야기를 보고하지 않은 것은 어찌 보면 당연한 일이었다.

똑똑!

순간 누군가의 노크 소리가 귓가에 들려왔다. 웨이는 글록17을 다시 회수하고 입을 열었다.

"뭐냐?"

천천히 문이 열리고 조금은 소심해 보이는 인상의 사내가 고개를 슬쩍 안으로 들이밀었다.

이 과장이었다. 이 과장은 최대한 소심해 보이도록 어깨를 움츠린 채 웨이의 눈치를 살폈다.

"저, 저기……. 드릴 말씀이 있습니다."

웨이는 이 과장을 아래위로 훑으며 살짝 인상을 찌푸렸다. 자신이 싫어하는 유형의 인간이었다. 딱 보기에도 자신의 욕망을 감추고, 강한 힘을 지닌 자에게 빌붙어 살아가는 전형적인 기회주의자로 보였다.

하지만 한 가지 이상한 것은 이 과장이 보통 사람과는 다른 기이한 느낌을 준다는 것이었다. 그것에 흥미를 느낀 웨이는 굳은 인상을 풀며 말했다.

"내게 할 말이라… 뭐지?"

슬금슬금 웨이에게 다가온 이 과장은 우물쭈물하며 입을 열기 시작했다.

"실은… 그게 말입니다. 저희 사장님이 개인적으로 물건을 빼, 빼돌리고 있습니다. 양이 적으면 그냥 모른 척하겠는데 이제는 도를 넘어선 것 같아서……."

"그 얘길 왜 내게 하는 거지? 위에 보고할 수도 있지 않던가?"

웨이의 날카로운 눈빛이 이 과정의 심중에 파고들었다. 이 과장은 저도 모르게 어깨를 움찔했다.

"그, 그건……."

할 말을 잃었다. 무어라 대답해야 할지 도무지 생각이 나지 않았다.

우물쭈물하며 머뭇거리는 이 과장의 모습에 웨이는 피식 미소를 지었다. 이 과장의 의도는 이미 짐작 가는 바가 있었다.

"날 이용해 사장을 밀어내고 그 자릴 차지하려는 속셈인가?"

"헉! 그, 그걸 어떻게……!"

웨이의 말에 이 과장은 화들짝 놀라며 눈을 치켜떴다. 웨이는 미소를 띤 채 말을 이었다.

"너 같은 기회주의자 쥐새끼들이 하는 생각이란 다 거기서 거기지. 보아하니 물건을 빼돌린 건 네놈이겠군. 안 그래?"

"……!"

이 과장은 아무런 대답도 하지 못했다. 날카로운 웨이의 눈빛을 마주하자 온몸이 돌처럼 굳었다. 숨도 제대로 쉴 수 없을 정도였다.

웨이의 날카로운 눈빛은 죽음이 담긴 어두운 눈빛이었다. 본능적인 두려움이 온몸을 옥죄어 왔다.

이 과장은 두려움에 파르르 떨리는 눈으로 웨이를 바라보았다. 죽음이라는 두 글자가 머릿속을 맴돌았다.

웨이가 천천히 다가왔다. 죽음의 그림자가 짙게 드리웠다. 이 과장은 버티지 못하고 질끈 두 눈을 감아버렸다. 순간 웨이의 나직한 음성이 귓가로 흘러들었다.

"좋아. 네놈이 원하는 대로 해주지. 뭐, 그래 봤자 별 소용없을지도 모르지만."

웨이의 강렬한 존재감이 사라졌다. 이 과정은 조심스레 두 눈을 떴다.

어느새 웨이는 사장실 밖으로 사라져 버렸다. 굳어 있던 몸이 조금씩 움직여졌다. 두 다리에 힘이 풀린 이 과장은 그 자리에 풀썩 주저앉았다.

어쨌든 웨이가 자신이 원하던 대로 안인수를 처리해 줄 것 같았다.

그래 봤자 소용없을 거란 말의 의미를 알 수는 없었지만 안인수만 없다면 자신이 사장이 될 자신이 있었다.

이 과장은 그 자리에 주저앉은 채 미소를 지었다.

"크, 크크큭!"

"젠장! 이 과장, 이놈은 어딜 가서 농땡이를 피우고 있는 거야? 확 짤라 버리든가 해야지, 원!"

이마 가득한 땀을 훔쳐 내며 안인수는 투덜거렸다. 벌써 한참이 지났는데도 언제 사라져 버린 것인지 이 과장이 보이지 않았다.

거친 숨을 몰아쉬며 안인수는 힐끗 주위를 둘러보았다.
다른 직원들은 부지런히 헤로인을 회수하고 있었다.

지금까지 회수한 헤로인의 양만 해도 어림잡아 수십 억
은 벌어들일 수 있을 정도로 엄청났다. 하지만 남은 것이
그보다 훨씬 더 많았다.

구룡회에서는 한국의 마약 시장을 아예 모조리 집어삼킬
생각으로 작정하고 헤로인을 대량 공급한 것이었다.

골든트라이앵글에서 생산된 헤로인을 싼값에 사들일 수
있으니 가능한 일이었다.

회수 작업을 끝내고 헤로인을 시장에 풀기만 하면 안인
수의 임무는 끝이었다.

이 정도로 많은 양의 헤로인이라면 한국 시장 정도는 충
분히 완전 장악할 수 있을 것이다.

안 그래도 1차 공급처인 만물상에서는 서로 적대하는 조
직에 헤로인을 풀어 서로 경쟁을 시켜 시장의 흐름을 조절
하고 있었다.

그 모든 일의 중심에 안인수가 있었다. 안인수의 명륜실
업을 통하지 않았다면 엄청난 양의 헤로인을 별다른 제재
없이 무사히 수입해 올 수 없었을 테니 그 공로는 지대한
것이었다.

시장을 완전히 장악하게 된다면 구룡회 내에서 안인수의 위치는 격상하게 될 것이다. 못해도 중간 간부급이 될 수는 있을 터.

안인수가 수년간 묵묵히 마약 밀매를 해온 것은 바로 그것을 위함이었다.

이번에 들어온 물건만 제대로 처리한다면 그리 먼 일도 아니었다.

안인수는 불평을 하면서도 손을 쉬지 않고 헤로인을 회수했다. 입으로는 연신 사라진 이 과장을 찾으면서.

그러다 문득 창고 입구에 선 한 사내의 모습이 눈에 들어왔다. 안인수는 사내에게 다가가며 말을 걸었다.

"안 나오실 것 같더니. 무슨 일이십니까?"

사내, 웨이는 피식 미소를 지으며 안인수를 쏘아보았다. 웨이의 날카로운 눈빛에 안인수는 저도 모르게 움찔했다.

웨이가 천천히 입을 열었다.

"면종복배(面從腹背)한 자 같으니라고."

"그게 무슨 말씀이십니까?"

전혀 예상치 못한 웨이의 말에 안인수는 고개를 갸웃했다. 웨이는 날카로운 눈빛을 뿜어내며 말을 이었다.

"그건 네놈이 더 잘 알 텐데?"

"대, 대체 무슨 말씀을 하시는 건지 모르겠습니다. 면종복배라니요? 저, 전 그동안 구룡회를 위해 충성을 다해 왔습니다."

안인수는 웨이와 눈을 마주하지 못한 채 더듬더듬 자신을 변호했다.

구룡회의 중간 간부 자리를 원하고 있는 안인수에게 면종복배라니. 무슨 말도 안 되는 소리란 말인가.

"충성을 다했다고? 따라와라. 이걸 보고도 그런 소릴 할 수 있을지 어디 한번 지켜보지."

웨이는 그대로 돌아서서 창고 밖으로 걸음을 옮기기 시작했다. 그 자리에 가만히 서 있던 안인수는 이내 길게 한숨을 내쉬며 그 뒤를 따랐다.

주차장으로 향한 웨이는 안인수의 고급 세단 앞에서 걸음을 멈췄다. 그리곤 천천히 안인수에게 고개를 돌리며 입을 열었다.

"트렁크를 열어라. 그러면 네놈이 한 짓을 인정할 수 있을 테지."

안인수는 묵묵히 차 키를 꺼내 트렁크를 열었다. 트렁크 안을 확인한 안인수의 눈이 찢어져라 크게 치켜떠졌다.

"이, 이럴 수가! 이건……!"

웨이는 입꼬리를 살짝 말아 올렸다. 트렁크 안에는 헤로인이 가득 한 종이 상자 세 개가 들어 있었다.

"증거가 이렇게 있으니 더 이상 발뺌하지 못하겠지? 감히 구룡회의 재산을 함부로 빼돌리다니. 들켰을 때 어떻게 될지 잘 알고 한 짓이겠지?"

웨이는 품속에서 권총을 꺼내들었다. 철컥, 하는 장전음이 귓가에 들려오자 안인수는 믿기지 않는다는 듯 고개를 흔들며 소리쳤다.

"아, 아냐! 이건 아니라고! 난 이러지 않았다고! 이런 적 없다고! 이건 오해야! 오해라고!"

"추하군. 증거까지 있는데 부정할 셈인가?"

"이럴 리가 없어! 내, 내가 한 게 아니라고!"

웨이의 총구가 안인수의 머리를 겨눴다. 안인수는 반쯤 실성한 채로 연신 고개를 내저었다. 이럴 리가 없었다. 지금까지 수년간 헤로인을 밀수해 오며 단 한 줌도 빼돌린 적이 없었다.

그런데 어째서 이렇게 많은 양의 헤로인이 트렁크 안에 있는 것인가. 도무지 알 수 없었다.

그러다 퍼뜩 자신을 탐욕스러운 눈빛으로 바라보던 이 과장의 얼굴이 떠올랐다.

'서, 설마……?'

안인수는 저도 모르게 창고 쪽으로 고개를 돌렸다. 언제 돌아온 것인지 창고 입구에 이 과장이 서 있었다.

거리가 조금 있는데도 이 과장의 입가에 머물러 있는 미소가 눈에 들어왔다.

"이 과장……. 네, 네놈이 감히 날……!"

버럭 소리치며 일어난 안인수는 그대로 이 과장을 향해 달려들었다. 웨이가 싸늘한 미소를 지으며 나직이 중얼거렸다.

"발악은 그쯤 해두는 게 좋을 것 같군."

방아쇠에 걸린 웨이의 손가락에 힘이 들어갔다.

그리고.

타아앙─!

한 발의 총성이 길게 울려 퍼졌다.

*   *   *

"명륜실업이요? 거긴 건실한 중소기업 아니었나요? 중국 전통가구로 되게 유명하던데?"

신유진은 의외라는 듯 놀란 눈으로 말했다. 조수석에 앉은 정찬혁은 가만히 고개를 끄덕였다.

"원래부터 명륜실업은 구룡회의 마약 밀매를 위해 만들어진 회사였다. 수입한 중국 전통가구 속에 마약을 숨겨 대량으로 밀매를 해왔었지."

"그럼 찬혁 씨는 처음부터 구룡회가 얽혀 있다는 걸 알고 있었다는 거네요?"

"확신은 없었다. 구룡회와 전혀 관계없는 헤로인 밀매 루트도 있으니까."

"그래도 예상은 하고 있었던 거죠?"

신유진의 추궁에 정찬혁은 가만히 고개를 끄덕였다. 신유진이 어이가 없다는 듯 따지고 들었다.

"그러면 처음부터 명륜실업으로 가면 되는 거였잖아요. 뭐 때문에 조폭에, 차이나타운까지 간 거예요?"

"마약 밀매 루트를 박살 내는 거라면 그래도 되겠지. 하지만 내 일은 숙주를 찾아 정화하는 것 아니었나? 남아 있는 기운의 자취를 쫓아 역추적할 수밖에 없었다."

신유진은 말문이 막혔다. 정찬혁의 말이 옳았다. 숙주가 누군지 알 수 없으니 그와 접촉해 남은 흔적을 뒤쫓는 수밖에 다른 방법이 없지 않은가.

아무래도 숙주를 추적할 수 있는 탐지기라도 만들어 봐야겠다는 생각을 하며 신유진은 나직이 한숨을 내쉬었다.

더 할 말은 없다는 듯 정찬혁은 그대로 눈을 감고 좌석에 몸을 뉘였다.

"칫! 나도 그 정돈 안 다고요."

투덜거리며 신유진은 엑셀을 강하게 밟았다. 묵직한 구

동음과 함께 차가 빠른 속도로 어두운 도로를 내달렸다.

명륜실업이 있는 곳은 주위에 농가 너덧 개만 있는 황량한 곳이었다.

일찌감치 헤드라이트를 끄고 접근한 신유진은 도로 옆에 차를 세웠다.

명륜실업에서 그리 거리가 떨어져 있지는 않지만 커다란 나무 덕에 차가 있는 곳을 들킬 염려는 없었다.

"다녀오겠다."

눈을 감고 있던 정찬혁은 벌떡 일어나 차에서 내렸다. 신유진이 급히 뒤따라 내리려고 안전벨트를 풀었다.

"아! 가, 같이 가요!"

정찬혁은 손을 뻗어 문이 열리는 것을 막았다. 신유진이 고개를 갸웃하자 정찬혁이 천천히 입을 열었다.

"위험할지도 모르니 여기서 기다려."

"하지만……."

무어라 항변하려 했지만 정찬혁은 그대로 성큼성큼 명륜실업을 향해 걸어가 버렸다.

혼자 남은 신유진은 천천히 차에서 내리며 중얼거렸다.

"훗! 나보다 당신이 더 걱정인 건 왜일까요?"

정찬혁은 천천히, 아주 천천히 다가갔다. 주위에 내려앉은 짙은 어둠은 정찬혁의 발걸음을 조금도 방해하지 못했다.

정찬혁은 마치 대낮처럼 아무렇지도 않게 걸음을 옮겨갔다.

명륜실업은 창고로 보이는 커다란 건물과 그 옆에 딸린 작은 건물, 모두 두 동으로 이루어져 있었다. 창고 건물에는 불이 켜져 있는 커다란 간판이 걸려 있었다.

"창고… 쪽인가?"

두 건물 모두 희미한 악마의 기운이 흘러나오고 있었다. 하지만 창고 건물 쪽이 좀 더 짙어 보였다.

기운의 농도가 다른 곳과는 조금 다르게 느껴지는 걸로 보아 숙주가 이곳에 있는 것 같았다. 왠지 모를 아쉬움에 정찬혁은 작게 혀를 찼다.

그 자리에 멈춰 선 채 두 건물을 번갈아 바라보던 정찬혁은 이내 창고를 향해 걸음을 내딛었다. 켜져 있는 간판의 빛이 정찬혁을 비췄다. 문득 조병우를 마주했을 때의 일이 떠올랐다.

"설마 또 그런 일이 생기진 않겠지?"

신유진이 무언가 조치를 취해 뒀다고 했으니 그것을 믿는 수밖에 없었다.

어느새 창고 입구에 선 정찬혁은 손을 뻗어 문고리를 잡았다. 잠겨 있지 않았다. 문고리를 돌리며 살짝 밀자 스르륵 문이 열렸다.

창고 안은 어두웠다. 주위 가득한 중국 전통가구가 을씨년스러운 분위기를 연출했다.

정찬혁은 저도 모르게 움찔 어깨를 떨었다. 을씨년스러운 분위기 때문이 아니라 주위 공기가 이상하리만치 조용히 가라앉아 있는 것을 느낀 탓이었다.

게다가 오래된 나무 냄새 사이로 짙은 쇠 냄새가 섞여 있었다. 희미하게나마 화약 냄새도 나는 것 같았다.

'아무래도 함정에 걸어 들어온 것 같군그래.'

정찬혁은 피식 미소를 지으며 걸음을 옮기기 시작했다. 정찬혁이 창고 한가운데쯤에 닿았을 무렵, 딸칵 하는 소리와 함께 갑자기 주위가 훤해졌다.

그리고 철컥철컥, 연이은 격철음이 들려왔다. 정찬혁은 미간을 찌푸린 채 주위를 둘러보았다.

기관단총으로 중무장한 사내, 20여 명이 자신을 포위하고 있었다.

정찬혁은 살짝 입꼬리를 말아 올렸다.

"함정인 줄 알고 들어온 건가? 이 인원을 앞에 두고도 여유라니."

정찬혁을 포위하고 있는 자들 중 하나가 한 걸음 앞으로 나서며 말했다. 어딘지 모르게 눈에 익은 자였다. 정찬혁은 사내의 모습을 관찰했다.

갈색 머리칼을 올백으로 넘기고 팔(八)자로 축 처진 눈썹에 비해 꼬리가 치켜 올라간 날카로운 눈매. 180㎝에 조금 못 미치는 키에 왜소해 보이지만 실전적인 근육이 알알이 들어찬 이상적인 체구의 사내였다. 사내는 죽기 전의 정찬혁과 거의 흡사한 분위기를 풍겼다.

"암룡… 인가?"

정찬혁은 저도 모르게 나직이 중얼거렸다. 사내는 씨익 미소를 지으며 입을 열었다.

"이거야, 원. 내가 누군지 모르겠나? 섭섭하군. 나는 네 놈을 기억하고 있는데 말이야."

사내의 말에 정찬혁은 고개를 갸웃하며 기억을 더듬었다. 갑자기 누군가의 음성이 머릿속을 스쳤다.

"나중에 기회가 되면 꼭 한 번 붙어보자고."

날카로운 눈빛으로 자신을 노려보며 살기 어린 말을 뱉어내던 한 사내의 모습이 지금 자신의 눈앞에 있는 자와 겹쳤다.

그제야 기억을 해낸 정찬혁은 미소를 지으며 천천히 입을 열었다.

"오랜만이로군, 웨이 밍."

사내, 웨이 밍의 얼굴에 짙은 음소가 지어졌다.

"죽었다고 알려진 것 치고는 안색이 좋군그래. 배신자 정찬혁."

"내가 살아 있다는 건 어떻게 알았지?"

"글쎄? 생각보다 입이 싼 놈이더군. 뭐, 앞으로는 그 입을 열 수 없겠지만."

웨이의 말에 정찬혁은 한 사람의 얼굴을 떠올렸다.

"조병우… 로군."

"크웃! 예나 지금이나 눈치 하난 재빠르다니까. 그러면 내가 왜 이런 무대를 만들었는지도 잘 알겠지?"

"예전의 그 말을 지키려는 거겠지."

정찬혁은 무표정한 얼굴로 중얼거렸다. 웨이는 히죽 미소를 지으며 고개를 끄덕였다.

"저 안에서 기다리겠다. 이 정도면 준비 운동 상대로 충분하겠지?"

"물론."

정찬혁은 천천히 주위를 둘러보았다. 자신을 포위하고 있는 자들 모두 검은 기운이 흘러나왔다.

하지만 역시 숙주는 그 자리에 없었다. 웨이는 그대로 돌아서서 천천히 자신이 가리킨 방향으로 걸음을 옮겨갔다.

"쳐라."

웨이의 한 마디에 정찬혁을 포위한 사내들에게서 날카로운 외침과 살기가 터져 나왔다.

"죽어라, 배신자!"

"배신의 대가는 죽음뿐이다!"

동시에 사내들의 기관단총이 불꽃을 뿜어냈다.

투타타타탕—!

멀리서 전해지는 총성에 신유진은 나직이 중얼거렸다.

"생각보다 빨리 시작했네? 뭐, 그쪽은 찬혁 씨가 알아서 할 테니 내 할 일이나 해야겠지."

신유진은 근처에 떨어져 있는 나뭇가지를 집어 들고는 명륜실업을 중심으로 한 커다란 원을 그리기 시작했다.

*　　　*　　　*

경찰차의 사이렌 소리가 주위 가득했다. 근처 경찰서에 있는 경찰차가 모두 출동한 것 같았다.

인적이 드문 늦은 밤의 차이나타운을 경찰들이 가득 메

웠다. 인천지검 마약계 검사 최태일은 담배를 물어 불을 붙였다.

"야, 솔직히 불어라. 이거 무슨 건수냐?"

최태일은 자신의 옆에 있는 사내, 한윤철에게 담배를 권하며 질문을 던졌다. 한윤철은 습관적으로 담배 한 개비를 집어 들려다 멈칫했다.

"인마. 나, 담배 끊었어."

한윤철은 피식 웃으며 면박을 줬다. 최태일은 어이없다는 얼굴로 말했다.

"끊기는 개뿔. 니가 담배 끊었다고 한 게 오늘까지 벌써 스무 번이다. 끊으려면 진작에 끊었겠지. 그나저나 진짜 어떻게 된 일이냐? 윤철이 넌, 마약 쪽이랑은 아무 상관없잖아? 어쩌다 얽힌 거냐?"

한윤철은 짐짓 굳은 얼굴로 아무런 대답도 하지 않았다. 최태일이 대답을 추궁했다.

"대체 뭐기에 그렇게 심각하냐? 아무리 봐도 단순한 건수는 아닌 것 같은데."

한윤철은 길게 한숨을 내쉬며 천천히 걸음을 옮기기 시작했다.

"나중에 다 끝나면 얘기해 주마. 지금은 묻지 마라. 대충 정리된 거 같으니까 가보마."

"어? 인마! 윤철아!"

최태일은 순식간에 현장에서 멀어져가는 한윤철을 다급히 불렀다.

한윤철은 돌아보지도 않고 등 너머로 손을 흔들어 보였다.

"검사님! 다 연행한 것 같습니다. 이제 여긴 정리해도 되겠는데요?"

막 한윤철의 뒤를 쫓으려던 최태일은 등 뒤에서 들려온 경찰의 말에 멈칫했다.

최태일은 담배 필터를 씹으며 미간을 찌푸렸다. 말을 건 경찰에게 고개를 돌리며 최태일이 입을 열었다.

"다 연행했으면 두 명 남겨두고 철수하자고."

"예! 알겠습니다!"

경례를 올려붙이고 경찰은 후다닥 다른 동료들을 향해 달려갔다. 그 모습을 바라보던 최태일은 잘근잘근 필터를 씹은 담배를 퉤엣, 하고 뱉어냈다.

"망할 놈. 얘기 좀 해주면 어디 덧나나?"

한윤철은 급히 차에 올라 시동을 걸었다. 생각 같아선 당장에라도 명륜실업으로 가고 싶었지만 현장을 내버려 둘 수가 없었다.

자신이 최초 발견자이기도 했으니 어느 정도 현장 정리를 도와야 했다. 그 덕에 벌써 두 시간이나 허비해 버렸다.

한윤철은 초조한 얼굴로 시동을 걸고 엑셀을 밟았다.

'젠장! 대체 누가……?'

한윤철은 아랫입술을 꽉 깨물었다. 마담 셴의 반응으로 보아 만물상을 박살 낸 자가 향한 곳은 분명 명륜실업이었다.

반쯤 정신이 나간 상태에서도 명륜실업을 몇 번이고 언급한 셴의 반응으로 보아 타당한 추정이었다.

문제는 상대의 목적과 정체를 전혀 짐작조차 할 수 없다는 것이었다.

자신이 구룡회를 은밀히 수사하고 있다는 것을 알고 꼬리 자르기를 하려는 건지도 모른다는 생각이 문득 들었다.

하지만 이내 고개를 내저었다. 검찰 내부에서도 부장검사인 박상규밖에 모르는 사실이었다. 아무리 구룡회의 정보망이 뛰어나다고 해도 정보를 얻을 수는 없을 터였다.

최대한 빨리 명륜실업에 가야 했다. 그곳에 가면 해답을 찾을 수 있을 것 같다는 생각이 들었다.

한윤철은 강하게 엑셀을 밟았다. 늦은 밤이라 다행히 도로는 한산한 편이었다.

한윤철의 차는 도로를 미끄러지듯 빠른 속도로 내달렸다.

목적지는 바로 파주의 명륜실업이었다.

*   *   *

정찬혁은 바닥을 박차고 달려가 장롱 뒤에 몸을 숨겼다.

투타타타—!

총구가 불꽃을 뿜어내고 사방으로 부서진 나무 조각이 튀었다.

두꺼운 목재로 만들어진 장롱이었지만 총알을 막기는 역부족이었다. 이내 구멍이 뚫리고 총알이 쏟아졌다.

반대편으로 몸을 던지며 정찬혁은 바닥에 떨어진 뾰족한 나무 조각을 집어 들었다.

투타타—

자욱한 연기 사이에서 불꽃이 튀었다. 정찬혁은 불꽃이 보인 방향으로 나무 조각을 던졌다.

"컥!"

짧은 신음이 들려왔다. 남은 것은 이제 고작 다섯밖에 없었다.

그 정도라면 주위에 있는 가구를 엄폐물로 삼아 피해 다니지 않아도 충분히 상대할 수 있는 숫자였다.

정찬혁은 천천히 몸을 일으켰다. 총성이 터져 나오자 정

찬혁은 불꽃이 튄 방향으로 몸을 날렸다

빠각—!

정찬혁은 총을 든 사내의 손목을 후려치고는 빙글 몸을 반회전해 팔꿈치로 관자놀이를 찍었다.

사내는 신음도 토해내지 못하고 그대로 구석으로 튕겨 나갔다

쿠탕탕—!

사내가 구석에 처박히는 것을 보지도 않고 정찬혁은 다음 상대를 물색했다. 근처에 두 사람의 인영이 보였다. 정찬혁은 망설임없이 몸을 날렸다.

웨이는 벽을 타고 전해지는 총성과 비명을 가만히 듣고 있었다. 고통에 찬 비명이 웨이의 귀에는 마치 클래식 음악처럼 아름답게 들려왔다.

웨이는 미소를 지으며 스륵 눈을 감았다.

"이, 이래도 되는 겁니까?"

귓가에 흘러든 낮은 음성에 웨이의 미소가 차갑게 식었다. 천천히 눈을 뜨자 언제 온 것인지 불안한 얼굴로 흘끔흘끔 벽 너머를 바라보는 이 과장의 모습이 보였다.

웨이의 인상이 왈칵 구겨졌다.

"뭐가 불만이냐? 네놈이 바라던 대로 사장을 처리해 주

지 않았던가?"

"그, 그래도 이대로라면 여긴 망할 겁니다. 망한 회사의
사장이 되어 봐야 아무 소요……. 컥!"

이 과장의 말은 끝까지 이어지지 못했다. 웨이가 갑자기
손을 뻗어 이 과장의 목을 조른 탓이었다.

이 과장은 버둥거리며 웨이의 손을 떨쳐 내려했다. 하지
만 숨이 콱 막혀와 제대로 힘을 줄 수 없었다. 이내 이 과정
의 얼굴은 새파랗게 질려갔다. 허연 눈을 까뒤집은 채 정신
을 잃어갔다.

웨이는 그대로 이 과장을 구석에 내던지며 싸늘하게 중
얼거렸다.

"쥐새끼 같은 놈. 꺼져라. 이번에는 특별히 목숨만은 살
려주겠다. 더 이상 내 눈에 띄는 일은 없길 바라지."

이 과장은 켁켁거리며 고통스러워했다. 하지만 이내 주
섬주섬 몸을 일으켜 후다닥 달아나기 시작했다.

웨이의 눈빛에 담긴 살기를 느낀 탓이었다. 멀어져 가는
이 과장을 힐끗 바라본 웨이가 나직이 중얼거렸다.

"벌레만도 못한 놈 같으니."

그러는 사이 벽 너머의 총성이 멎었다. 웨이는 천천히 몸
을 일으키며 품속에서 권총을 꺼내 들었다.

창고를 반으로 갈라놓은 두꺼운 합판 벽의 한가운데에

있는 문을 바라보며 입을 열었다.

"이제야 끝내다니. 실력이 많이 준 것 아니냐?"

기다렸다는 듯 문이 벌컥 열리고 정찬혁이 다가왔다. 웨이의 말을 들은 듯 정찬혁은 피식 미소를 지었다.

"아직 널 쓰러뜨릴 정도의 솜씨는 남아 있다."

"그래? 그럼 어디……."

말꼬리를 흐린 웨이는 전광석화같이 총구를 겨누고 방아쇠를 당겼다.

타앙—!

한 발의 총성이 울려 퍼졌다. 정찬혁은 그 자리에서 고개만 살짝 까딱하는 것으로 총알을 피했다. 웨이가 피식 미소를 지으며 말했다.

"아직까지 녹슬지는 않은 것 같군. 어딜 겨눈 건지 단번에 알아채다니."

"일부러 피하라고 쏜 거 아니었나?"

"크큭! 못 피했다면 아쉬울 뻔했어. 그래, 이걸로 계속할까? 아니면 다른 걸로?"

"글쎄. 난 아무래도 상관없다."

정찬혁의 말에 웨이는 권총을 옆에 내려놓고는 발목에 차고 있는 칼집에서 반 뼘 정도 길이의 날이 달려 있는 단검을 꺼내들었다.

정찬혁은 천천히 손을 들어 올렸다. 웨이가 고개를 갸웃했다.

"맨손으로 할 거냐?"

"어차피 별 차이 없을 거다."

정찬혁의 대답은 마치 웨이를 얕보는 것 같았다. 웨이의 얼굴이 구겨졌다. 웨이는 자신이 들고 있는 단검을 정찬혁의 발아래에 던졌다.

정찬혁은 발아래에 꽂힌 단도를 바라보며 고개를 갸웃했다.

"뭐지?"

"맨손으로 해서 졌다고 핑계를 댈까 봐 말야."

웨이는 씨익 미소를 지으며 단검 하나를 더 꺼냈다. 물끄러미 발아래의 단검을 바라보던 정찬혁은 손을 뻗어 단검을 움켜쥐었다.

"후회하지나 마라."

"후회는… 네놈이 하게 될 거다!"

버럭 소리치며 웨이는 전광석화처럼 정찬혁을 향해 달려들었다. 정찬혁은 손을 들어 날아드는 단검을 막았다.

챙!

두 사람의 단검이 십자로 교차했다. 웨이는 힘으로 정찬혁을 밀어내려 했다. 웨이의 단검이 정찬혁의 단검의 날을 타고 목덜미 쪽으로 다가갔다.

정찬혁은 웨이의 힘에 저항하지 않고 뒤로 한 걸음 물러났다. 웨이는 그에 맞춰 재빨리 몸의 균형을 잡고 그대로 단검을 찍어 내렸다.

빠캉!

단검과 단검이 맞부딪쳐 불꽃이 튀었다. 정찬혁은 도면으로 웨이의 공격을 막아냈다.

피식 미소를 지으며 웨이는 연속으로 검을 좌우로 내리그었다. 정찬혁은 그것을 모두 가벼운 움직임으로 튕겨냈다.

챙! 채채챙!

날카로운 금속성이 연이어 터져 나왔다. 일방적으로 공격을 하는 것은 웨이였다.

하지만 정찬혁의 단단한 방어를 조금도 뚫지 못했다. 거의 10분이 넘도록 공격을 계속했지만 그저 옷깃을 가볍게 스쳤을 뿐이었다.

웨이는 까득 이를 악물며 뒤로 몇 걸음 물러났다. 정찬혁은 단도를 역수로 고쳐 쥐고 웨이에게 달려들었다.

"이번엔 내 차례다."

웨이의 옆구리로 단도가 날아들었다. 웨이는 급히 공격을 쳐 내려 단도를 휘둘렀다.

순간 공격의 궤도가 급변해 목덜미로 날아들었다. 이미 자신의 단도는 옆구리를 방어하기 위해 휘두른 상황이었다.

웨이는 혀를 차며 급히 뒤로 물러났다. 하지만 정찬혁의 공격은 멈추지 않고 날아들었다.

"쳇!"

순간 웨이는 왼손을 허공에 가볍게 털었다. 은장도 크기의 스로잉 나이프 한 자루가 미끄러지듯 손에 잡혔다. 웨이는 곧장 스로잉 나이프를 던졌다.

푸학!

스로잉 나이프는 정찬혁의 오른쪽 어깨에 틀어박혔다. 날아들던 공격이 멈칫했다.

웨이는 왼발을 축으로 빙글 몸을 회전시켜 공격을 피하고는 동시에 단도를 내질렀다.

팍! 파파팍!

웨이의 단도가 정찬혁의 옆구리를 깊이 스쳤다. 웨이는 멈추지 않고 연이어 단도를 내리그었다.

순식간에 정찬혁의 몸이 검은 피로 물들었다. 흘러내린 피로 바닥이 젖었다. 정찬혁은 공격하던 자세 그대로 멈춰섰다.

정찬혁의 몸에서 튄 피가 웨이의 온몸을 적셨다. 웨이는 희열에 가득 찬 표정으로 마구 단도를 내리그었다. 피가 튀고 살점이 허공을 흩날렸다.

정찬혁은 아무런 저항도 하지 못하고 웨이의 공격을 몸으로 받아내고 있었다.

"크크. 이제 끝내 주겠다."

싸늘한 미소를 지으며 웨이는 그대로 정찬혁의 목덜미를 내리그었다. 순간.

턱—

과다 출혈로 정신을 잃은 줄 알았던 정찬혁이 단도를 든 웨이의 손목을 꽉 움켜쥐었다. 웨이의 눈이 순간적으로 커졌다.

정찬혁은 그대로 손에 힘을 줬다. 우득, 하는 뼈가 부러지는 소리가 터져 나왔다. 웨이의 얼굴이 일그러졌다.

"큭!"

정찬혁은 믿기 어려울 정도의 속도로 웨이에게 파고들며 팔 관절을 꺾었다. 우드득 소리가 또 한 번 터져 나왔다. 웨이의 오른팔이 기괴한 각도로 꺾였다.

"끄아악!"

비명을 토해내면서도 웨이는 정찬혁의 손을 뿌리치기 위해 바닥을 박찼다.

정찬혁은 그대로 웨이의 손목을 놔 버렸다. 비틀거리며

뒤로 몇 걸음 물러나던 웨이는 간신히 몸의 균형을 잡았다.

뼈가 부러진 통증이 심했지만 웨이는 내색하지 않고 피투성이가 된 정찬혁을 노려보았다.

"뭐, 뭐냐, 네놈은?"

다른 사람이었다면 벌써 쓰러지고도 남을 중상을 입은 정찬혁이었다. 그런데 자신의 팔을 부러뜨릴 수 있을 정도로 기운이 남아 있다니. 믿기지 않는 일이었다. 정찬혁은 씁쓸한 미소를 지으며 말했다.

"이제 이런 걸로는 죽지 않는다."

"불사신이라도 됐다는 거냐?"

"글쎄."

정찬혁은 그대로 웨이를 향해 달려들었다. 움찔하며 피하려 해 보았지만 정찬혁의 주먹은 이미 웨이의 복부 깊숙이 파고든 후였다.

"커헉!"

뱃속이 뒤집어질 정도로 엄청난 통증이 밀려왔다. 웨이는 통증을 참지 못하고 비명을 질러댔다. 몇 미터 뒤로 주룩 밀려나간 웨이는 벽에 등을 부딪치고 나서야 간신히 멈춰 섰다.

"쿠, 쿨럭!"

내장이 상한 것인지 왈칵 피를 토해냈다. 다리에 힘이 들어가지 않았다.

벽에 등을 기댄 채 부들부들 다리를 떨며 간신히 버티고 있던 웨이는 이내 그 자리에 주저앉아 버렸다.

충격이 완전히 가시지 않아 몇 번이나 각혈을 했다. 웨이가 토해낸 피로 바닥이 붉게 물들었다. 무심한 눈길로 웨이를 바라보던 정찬혁은 그대로 천천히 돌아섰다.

"주, 죽여라……. 쿠, 쿨럭!"

피거품을 게워내며 웨이가 더듬더듬 입을 열었다. 정찬혁이 천천히 고개를 돌렸다. 웨이의 말이 이어졌다.

"싸, 싸움에 진 개는… 살아 있을 가치가… 없다. 어서 주, 죽여라……."

정찬혁은 말없이 돌아섰다. 웨이의 절규가 귓가에 들려왔다.

"죽여……! 주, 죽이란 말이다! 왜……? 어째서 그냥 가려는 거냐. 쿠, 쿨럭쿨럭!"

정찬혁은 돌아보지 않고 그 자리에 멈춰 선 채 천천히 입을 열었다.

"그렇게 원한다면 네 스스로 목숨을 끊어라. 난 이제 사람을 죽이지 않는다."

"크, 크읏! 그게 무슨 허, 헛소리냐? 네, 네놈은 짐승으로 태어나 맹수로 자라난 괴물이다……. 이, 이제 와서 인간이 되고 싶다는 거냐?"

"마음대로 생각해라."

정찬혁은 그대로 천천히 걸음을 옮기기 시작했다. 웨이는 흐릿해져 가는 눈으로 정찬혁을 바라보며 비웃었다.

"크, 크크크. 네, 네놈이 언제까지 위선을 떨지 저승에서 지켜봐 주겠다."

웨이는 파르르 떨리는 손으로 바닥을 더듬어 스로잉 나이프를 집어 들었다. 그리곤 남은 힘을 다해 조금의 망설임도 없이 스로잉 나이프로 자신의 목덜미를 찔렀다.

끄륵, 하며 피거품을 토해내는 소리가 터져 나왔다. 사방으로 핏줄기를 뿜어내며 온몸을 부들부들 떨던 웨이는 이내 잠잠해졌다. 부릅뜬 두 눈은 멀어져 가는 정찬혁의 뒷모습을 지켜보고 있었다.

'젠장……'

정찬혁은 왠지 모를 씁쓸함에 길게 한숨을 내쉬었다. 돌아보지 않아도 알 수 있었다. 웨이가 스스로 목숨을 끊었다는 것쯤. 자신의 죽음도 저런 모습이었을 거라는 생각이 문득 들었다.

그때였다. 갑작스레 누군가 정찬혁에게 달려들었다. 다른 생각을 하고 있던 터라 미처 피하지 못한 정찬혁의 옆구리에 회칼이 틀어박혔다. 정찬혁은 본능적으로 팔을 휘둘러 달려든 인영을 떨쳐냈다.

"크헉!"

인영은 비명을 지르며 나가떨어졌다. 정찬혁은 옆구리에 박힌 회칼을 뽑아냈다. 통증은 없었지만 검게 죽은피가 대량으로 쏟아졌다. 정찬혁은 아무런 표정 변화 없이 구석에 틀어박힌 인영을 바라보았다.

'숙주!'

정찬혁의 눈썹이 꿈틀했다. 웨이의 죽음 때문에 잠시 잊고 있던 자신의 목적이 떠올랐다. 정찬혁은 천천히 품속에서 총을 꺼냈다.

"망했어……! 다 망했다고! 네놈 때문에… 네놈 때문에 다 망했다고!"

비틀거리며 몸을 일으킨 인영, 이 과장은 정찬혁을 노려보며 버럭 소리쳤다.

이 과장과 눈이 마주치자 정찬혁은 심장을 비수로 찌른 것 같은 통증을 느꼈다.

"큭!"

저도 모르게 짧은 신음이 터져 나왔다. 하지만 이전과는 달리 한순간일 뿐, 이내 통증은 가라앉았다.

신유진의 봉인이 어느 정도는 효과가 있는 것 같았다. 나직이 안도의 한숨을 내쉬며 정찬혁은 다시 권총을 눈앞의 사내, 이 과장의 미간에 겨눴다.

"네놈 때문이라고! 네놈이 감히⋯⋯!"

이 과장은 버럭 소리치며 정찬혁에게 달려들었다. 순간 이 과장의 몸에서 뿜어져 나오던 악마의 기운이 뾰족한 송곳처럼 변화해 섬전 같은 속도로 정찬혁에게 날아들었다.

예상치 못한 상황에 정찬혁은 미처 아무런 반응도 하지 못했다. 날아든 악마의 기운은 정찬혁의 왼쪽 어깨를 꿰뚫었다.

"크헉!"

정찬혁은 고통에 찬 신음을 토해냈다. 이상한 일이었다. 정찬혁은 주기적인 발작을 제외하고는 통증을 느낄 수 없는 몸이지 않았던가.

의문을 해결할 새도 없이 송곳 형태의 악마의 기운이 연이어 날아들었다. 정찬혁은 아랫입술을 꽉 깨물고 다급히 몸을 피했다.

어깨의 상처는 생각보다 심했다. 관절을 관통 당한 것인지 팔이 덜렁거리며 제대로 움직여지지 않았다.

"네놈만 없었다면⋯⋯! 네놈만⋯⋯!"

이 과장의 원한에 가득 찬 울부짖음이 터져 나올 때마다 송곳 형태의 악마의 기운이 날아들었다.

정확한 원인을 알 수는 없었지만 이내 상황을 파악한 정찬혁은 까득 이를 악물고 이 과장을 향해 몸을 날렸다.

순간 날카로운 악마의 기운이 오른쪽 옆구리에 틀어박혔다. 지독한 통증이 느껴졌지만 정찬혁은 아랑곳하지 않고 총구를 이 과장의 미간에 겨누고 방아쇠를 당겼다.

탕—!

총성과 함께 날아간 탄환은 정찬혁의 옆구리에 파고든 악마의 기운을 흡수하며 곧장 이 과장의 미간으로 날아들었다.

이전과 마찬가지로 모든 악마의 기운을 흡수한 이블 불릿은 그대로 힘없이 바닥에 툭, 떨어졌다.

비틀거리며 다가간 정찬혁은 이블 불릿을 집어 들었다. 이 과장은 허연 거품을 물고 기절해 있었다.

정찬혁은 그대로 천천히 돌아서서 밖으로 걸음을 옮기기 시작했다. 그때였다.

펑! 퍼펑!

고막이 찢어질 듯 날카로운 폭음이 사방에서 터져 나왔다. 박살난 가구 파편이 사방으로 튀고 창고가 무너지기 시작했다. 처음부터 폭탄을 설치해 둔 모양이었다.

정찬혁은 혀를 차며 다급히 창고 밖으로 달려 나가려다 멈칫 했다. 사방에 널브러진 사내들이 눈에 들어왔다.

이대로 내버려 뒀다간 폭발에 휩쓸려 모두 죽을 것이다.

그냥 무시하고 지나칠 수 없었다. 정찬혁은 주먹을 꽉 쥐고 벽을 후려쳤다.

쾅!

둔탁한 파열음과 함께 벽이 무너지고 바깥이 드러났다. 정찬혁은 쓰러진 사내들을 하나하나 밖으로 내던졌다. 마지막으로 이 과장을 던진 순간, 엄청난 폭음이 터져 나왔다.

쿠콰콰쾅—

쏟아져 내리는 파편으로 방향을 가늠할 수 없었다. 정찬혁은 까득 이를 악물고 그대로 한쪽 구석을 향해 몸을 날렸다.

콰콰쾅—!

지진이라도 난 것처럼 바닥이 진동했다. 신유진은 운전석에 앉아 폭발하고 있는 명륜실업을 놀란 눈으로 바라보았다.

"대체 무슨 일을 벌인 건가요?"

순간 덜컥, 하고 조수석 문이 열리고 온몸이 피투성이에 먼지를 잔뜩 뒤집어쓴 정찬혁이 차에 올랐다.

"차, 찬혁 씨? 괜찮아요!"

놀란 신유진이 소리쳤다. 정찬혁은 그대로 손을 뻗어 신유진의 멱살을 꽉 움켜쥐었다.

"내게 하지 않은 말이 있다면 지금 당장 말해. 죽고 싶지 않으면."

"꺄악! 왜, 왜 이래요 찬혁 씨?"

"당장 말해……!"

정찬혁은 전에 없이 격정적인 눈빛을 발하며 신유진을 노려보았다. 금방이라도 잡아먹을 듯 타오르는 눈빛에 신유진은 질끈 두 눈을 감았다.

"무, 무슨 일 때문에 그러는지 몰라도 전 숨기는 거 하나도 없어요. 못 믿겠으면 마음대로 해요."

신유진의 멱살을 쥔 정찬혁의 손이 파르르 떨렸다. 이내 간신히 흥분을 가라앉힌 정찬혁은 멱살을 놓았다.

신유진은 나직이 안도의 한숨을 내쉬며 눈을 떴다. 정찬혁의 음성이 조용히 귓가로 날아들었다.

"악마의 기운이… 날 공격했었다. 다른 상처는 모두 나았지만 그 상처는 회복이 더디더군."

정찬혁은 왼쪽 어깨에 난 관통상을 보여줬다. 신유진의 눈이 놀람으로 물들었다.

"그, 그게 사실이에요?"

정찬혁은 가만히 고개를 끄덕이며 말을 이었다.

"숙주의 감정이 극단적으로 변하면 악마의 기운이 공격

성을 띠게 되는 모양이더군. 그런데… 정말 몰랐던 거냐?"

"물론이죠! 제가 왜 찬혁 씨를 속이겠어요?"

정찬혁은 가만히 신유진의 눈동자를 바라보았다. 지금껏 만나 본 어떤 사람보다 맑은 눈동자였다.

아무리 거짓말을 밥 먹듯이 하는 자라도 짧은 순간의 망설임은 있었다. 하지만 신유진에게서는 그런 것을 전혀 볼 수 없었다. 의심을 거둔 정찬혁은 나직이 한숨을 내쉬었다.

"어쨌든 권총 하나로는 이 일을 계속해 나갈 수 없을 것 같았다. 어떤 상황이 벌어질지 모르는 일이니……. 접근전에서 쓸 다른 무기가 필요하다. 가능한가?"

"으음……. 만들어 볼게요. 근데 상처는 괜찮아요?"

신유진의 얼굴에는 걱정이 가득했다. 정찬혁은 피식 미소를 지으며 고개를 끄덕였다.

"더디긴 하지만 조금씩 회복은 되고 있다. 통증만 참아내면 되는 일이다."

"통증도 느껴지는 거예요?"

정찬혁은 가만히 고개를 끄덕이며 주머니에서 이블 불릿을 꺼냈다. 신유진은 이블 불릿에는 눈길도 주지 않고 정찬혁을 바라보며 말했다.

"방어구도 필요할 것 같네요. 최대한 빨리 만들어 볼게요."

정찬혁은 아무런 대답 없이 조수석에 깊이 몸을 누인 채
눈을 감았다.

걱정스러운 얼굴로 가만히 그 모습을 바라보던 신유진은
이내 시동을 걸고 차를 몰기 시작했다.

*　　　　*　　　　*

도로는 한산함을 넘어서 텅 비어 있었다. 한윤철은 고속
도로를 달리듯 엑셀을 강하게 밟았다. 명륜실업까지는 얼
마 남지 않은 거리였다.

"젠장! 빨리 좀 가자, 빨리……!"

이미 시속 170㎞가 넘게 달리고 있는데도 한윤철은 초조
한 얼굴이었다. 아까부터 계속 심장이 두근거리고 불안했
다. 무슨 일이 벌어진 것만 같았다.

엑셀을 더 밟아 보았지만 속도는 더 이상 나지 않았다.
간간히 보이는 앞차를 맹렬한 기세로 추월하며 한윤철은
같은 말을 계속 중얼거렸다.

"빨리 좀 가자고……!"

막 앞차 하나를 추월하려고 중앙선을 넘어선 한윤철의
눈에 맞은편에서 달려오는 차량이 보였다.

한윤철은 브레이크를 밟으며 차선을 옮겼다. 자신만큼이

나 빠른 속도로 달려온 승용차는 그대로 한윤철의 차를 스쳐 지나쳤다.

순간 운전대를 잡고 있는 여성과 조수석에 몸을 누이고 있는 한 사내의 모습이 눈에 들어왔다.

별 생각 없이 한윤철은 앞차를 추월하기 위해 중앙선을 넘었다. 순간 한 가지 기억이 머릿속을 빠르게 스쳤다. 한윤철은 저도 모르게 브레이크를 강하게 밟았다.

끼기기긱―!

타이어가 날카로운 마찰음을 토해내며 도로에 길게 스키드 마크를 그렸다.

도로 한가운데에 차를 세운 한윤철은 방금 지나친 승용차를 쫓아 차를 돌렸다. 하지만 이미 따라잡을 수 없을 만큼 승용차와의 거리는 멀었다.

그 자리에 차를 세운 한윤철은 반쯤 넋을 놓은 얼굴로 나직이 중얼거렸다.

"방금 전 두 사람은 분명……."

저 멀리 밝은 빛이 눈에 들어왔다. 분명 명륜실업이 있는 곳이었다. 멀리서 보기에도 전기적인 빛이 아니라는 것은 쉽게 알 수 있었다.

"불이라도 난 건가?"

나직이 중얼거리며 한윤철은 엑셀을 밟았다. 명륜실업이 점점 가까워졌다.

역시나 예상대로 불타오르고 있었다. 주위는 대낮처럼 훤했다. 주위 농가의 어르신들이 넋을 놓은 채 불타는 명륜실업을 바라보고 있었다.

불길한 예감이 맞았다. 만물상에서처럼 이미 누군가 다녀간 것이었다. 망연한 얼굴로 한윤철은 차에서 내렸다.

멍하니 타오르는 불길을 바라보던 한윤철은 이내 한쪽 구석에 널브러져 있는 사내들을 발견했다.

역시나 모두 팔다리가 부러지거나 근육이 파열된 상태였다. 그나마 다행인 것은 불길이 번지지 않은 곳에 쓰러져 있다는 것이었다.

한윤철은 휴대폰을 꺼내 소방서에 신고했다. 그리곤 천천히 주위를 둘러보았다.

혹시라도 증거가 남아 있을지 모르는 일이니. 문득 바닥에 드문드문 깔려 있는 허연 가루가 눈에 들어왔다. 손가락에 찍어 살짝 혀끝에 대어 보았다.

"헤로인……."

한윤철은 다시 휴대폰을 꺼내 이번에는 박상규에게 전화를 걸었다. 두어 번 벨이 울리더니 박상규가 전화를 받았다.

―뭐냐? 이 늦은 시간에?

퉁명스러운 박상규의 음성이 들려왔다. 한윤철은 굳은 얼굴로 천천히 입을 열었다.

"일전에 말씀드린 그 건 말입니다. 상황이 좀 골 때리게 됐습니다."

―뭐? 그게 무슨 소리냐?

한윤철은 자초지종을 빠르게 설명했다. 잠시 침묵하던 박상규가 이내 말했다.

―일단 대규모 헤로인 거래 건으로 보고해서 애들 보낼 테니까. 넌 거기서 현장 수습 좀 하고 있어라. 두 시간, 아니, 한 시간 내에 도착할 거다.

"예, 알겠습니다."

한윤철은 길게 한숨을 내쉬며 전화를 끊었다. 수습이라고 해 봐야 소방차가 도착하기 전까지는 별로 할 일도 없었다.

널브러진 사내들을 안전한 곳으로 옮겨두는 것밖에는. 마을 어르신들의 도움을 받아 사내들을 멀찍이 떨어진 곳에 옮겨두는 중 소방차가 도착했다.

살수차가 물을 뿌리자 불길이 천천히 사그라졌다. 가만히 그 모습을 바라보며 한윤철이 나직이 중얼거렸다.

"설마 그 두 사람이 한 일은 아니겠지?"

―오늘 새벽, 유명 가구 수입 업체 명륜실업이 화마에 휩싸였습니다. 근처 주민들에 따르면 커다란 폭음이 연이어 들려온 후에 불길이 치솟았다고 하는데요. 관할 소방서에서는 가스 폭발로 인한 화재로 추정하고 있습니다.

더욱 놀라운 것은 건실한 중소기업으로 알려진 명륜실업의 실체가 드러난 것인데요. 검찰의 발표에 따르면 국내에 유통되는 마약, 헤로인의 80% 이상을 명륜실업에서 밀수, 판매 해온 것으로 드러났습니다.

창고가 불타 많은 증거가 소실되었지만 현장에서 체포된 일당의 증언과 잔여 증거물을 토대로 지난 5년간 최소 10톤 이상의 헤로인을 밀수해온 명륜실업은······.

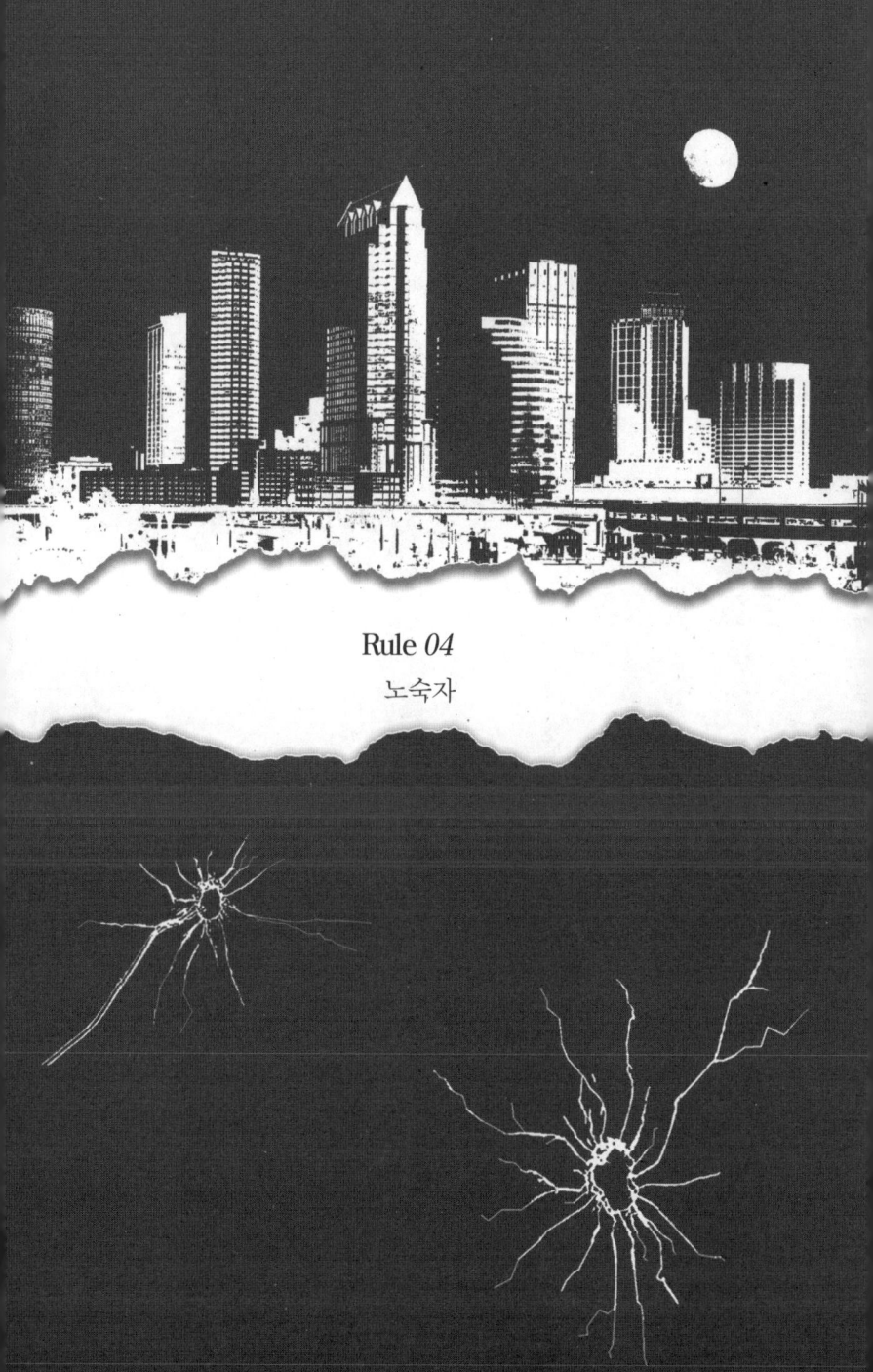

Rule *04*

노숙자

린은 얼빠진 얼굴로 TV 화면을 멍하니 바라보았다. 이미 다른 뉴스가 방송되고 있었지만 그런 것은 전혀 들리지 않았다. 조금 전의 뉴스만이 머릿속을 맴돌 뿐이었다.

인천 차이나타운의 만물상과 파주의 명륜실업.

두 곳 모두 구룡회와 깊은 관련이 있는 곳이었다. 파주의 명륜실업은 수년 전부터 골든트라이앵글에서 생산된 헤로인을 밀수해온 곳이었고, 차이나타운의 만물상은 밀수한 헤로인을 각 소매상에게 공급하고 있는 중간 도매상이었다.

한국 내의 헤로인 유통을 거의 독점하다시피 하고 있던 두 곳을 잃은 것은 타격이 상당한 것이었다.

재단법인 진용에서 합법적으로 상당한 수익을 얻고 있기는 했지만, 투자 대비 효율 면에서는 헤로인 밀매를 따라올 수 없었다. 한국에서 벌어들이는 소득의 3할이 헤로인 밀매이지 않던가.

헤로인 공급의 중추를 잃은 것도 문제였지만 더욱 큰 피해는 한국에 파견 나와 있던 암룡, 웨이 밍이 죽었다는 것이었다.

명륜실업 화재 현장에서 발견된 신원을 알 수 없는 시체가 바로 웨이 밍이었다. 디지털 복원된 몽타주가 방송에서 나와 금세 알 수 있었다.

사인은 경정맥 자상으로 인한 실혈성 쇼크사. 그 외에도 내장 파열과 복합 골절이 두 군데 있다고 뉴스 앵커가 말했다.

가스 폭발에 휘말린 것 같다는 추측성 발언이 있었지만, 폭발로 인한 것이 아니라는 것쯤은 린도 충분히 알 수 있었다.

분명 그 시간이라면 헤로인 회수 작업을 하고 있는 자들이 최소한 10여 명은 있을 터였다.

그런데 불탄 창고에서 발견된 것은 웨이 밍의 시체 하나

밖에 없었다. 나머지는 창고 밖으로 튕겨나가 운 좋게 목숨을 구했다고 하기는 했지만 믿기 힘든 우연이었다.

'대체 무슨 일이 있었던 거지?'

좀 더 자세한 정황을 알아 둘 필요가 있었다. 헤로인 밀매 건으로 검경이 개입한 탓이었다.

연행된 자들을 취조하는 중, 구룡회나 재단법인 진용이 언급되지 않을 거라는 보장은 없었으니 대비를 해야 했다.

이렇게 멍하니 있을 틈이 없었다. 린은 벌떡 일어나 회색 더플코트를 걸치고 밖으로 나갔다. 차에 탄 린은 곧장 청계천에 있는 진용 빌딩으로 향했다.

우웅―

린이 막 차를 몰고 도로에 진입했을 때에 갑작스레 낮은 진동음이 터져 나왔다. 린은 귀에 걸려 있는 블루투스 이어폰의 버튼을 눌렀다.

―나다.

수화기를 타고 흘러든 한 마디에 린은 순간 움찔하며 낯빛이 창백해졌다. 린은 잔뜩 긴장한 얼굴로 천천히 입을 열었다.

"겨, 격조하셨습니까, 첸 대인."

―뉴스 봤다. 대체 어떻게 된 일이냐?

"지금 자세한 정황을 알아보려는 중입니다."

린의 이마에 식은땀이 맺히기 시작했다. 린 자신도 바로 조금 전에 뉴스를 보고 알게 된 사실이 벌써 첸에게 전해졌다니. 첸이 어디 있는지는 모르지만 그 빠른 정보력이 놀라울 뿐이었다.

―검찰, 경찰이 끼어들었다. 본회에 아무 피해 없이 수습할 수 있겠느냐?

"노력해 보겠습니다."

―노력해 보겠다? 내가 겨우 그런 대답을 듣자고 네게 전화한 줄 아는 게냐?

조용한 음성이었지만 노기가 담겨 있었다. 린의 몸이 절로 부들부들 떨렸다.

"아무 피해 없이 수습하겠습니다."

―지켜보겠다.

그 말을 마지막으로 전화는 끊겼다. 뚜뚜, 하는 신호음이 계속 들려왔지만 린은 종료 버튼을 누를 생각도 하지 못하고 파르르 어깨를 떨었다.

이내 길게 한숨을 내쉬며 린은 아랫입술을 꽉 깨물었다. 만물상이라면 모를까, 명륜실업은 재단법인 진용과 많은 관련이 있었다.

검경의 수사망이 진용에 닿지 않으려야 않을 수 없는 심각한 상황. 골치 아픈 수습 과정이 될 거라는 것은 불 보듯

뻔한 일이었다. 하지만 피해를 확장 시키지 않고 수습을 해내야만 했다.

첸이 친위대인 린을 곁에 두지 않고 한국에 남겨둔 것은 바로 이런 때를 위함이었다.

린의 진용 내에서의 직위는 과장급의 중간 관리직에 지나지 않았지만 위기 상황에서는 그 권한이 극대화되어 책임 지휘를 하게 된다. 지금 같은 상황이 바로 린이 나서야만 하는 때였다.

어느새 진용 빌딩의 모습이 눈에 들어왔다. 이른 아침이었지만 출근하는 사람들이 꽤 많았다.

뉴스를 보고 급히 달려 나온 자들이 대부분이었다. 지하 주차장에 차를 세우고 엘리베이터에 오르자 또 휴대폰이 진동했다.

"예. 지금 가고 있습니다. 주차장입니다."

두 마디로 통화를 끝낸 린은 14층을 눌렀다. 곧장 대회의실을 찾은 린은 문을 활짝 열었다.

안에는 방금 전에 전화한 양지호 전무도 있었다. 그를 포함해 진용의 간부들은 거의 대부분이 회의실에 모여 있었다. 다들 뉴스를 보고 놀라 달려온 것이리라.

"어떻게 해야 하는 거요? 명륜실업과의 관계는 발뺌하기 힘들 것 같소만."

"그걸 잘 처리하려고 이 자리에 모인 것 아니오! 계속 그렇게 부정적인 말씀만 하실 거면 당장 나가시오!"

"뭐요?"

간부들의 언쟁이 들려왔다. 린은 저도 모르게 인상을 찌푸리며 회의실 안으로 들어섰다.

말없이 상황을 지켜보던 양지호가 린을 발견하고 천천히 몸을 일으켰다.

"모두 조용! 린이 왔소이다."

얼굴을 붉히며 소리치던 간부들이 입을 다물었다. 모두의 시선이 린에게로 향했다. 첸의 대리인이나 마찬가지인 린을 무시할 수 있는 사람은 아무도 없었다.

린은 천천히 다가와 빈자리에 앉았다. 간부 회의의 사회를 맡고 있는 양지호는 헛기침을 하며 천천히 말을 이었다.

"커험! 이제 모두 모인 것 같으니 본격적으로 간부 회의를 시작하겠소. 다들 뉴스를 보셨으니 아시겠지만 꽤나 심각한 상황이라고 할 수 있습니다. 명륜실업과 진용과의 관계를 완전히 숨길 수 없는 지금, 최대한 피해가 오지 않을 대책이 필요합니다."

그렇게 시작된 간부 회의는 해가 질 무렵이 되어서야 간신히 끝났다. 간부들은 다들 지친 기색이 역력했지만 린은 처음부터 끝까지 한결같은 얼굴이었다.

회의가 끝나자 린은 무표정한 얼굴로 천천히 밖으로 나갔다. 양지호가 바짝 뒤따라오며 말을 걸었다.

"어떤가, 린? 문제없이 수습할 수 있을까?"

"다들 제대로 일해 주신다면 가능할 겁니다. 첸 대인의 심기를 거스르지 않게 최대한 노력해 주십시오."

"그건 걱정 말게. 자신의 이권이 걸린 일이니 다들 철저히 실행할 걸세."

"그렇다면 다행이지요."

린은 빠른 걸음으로 양지호에게서 멀어졌다. 피해 없이 제대로 수습 하려면 해야 할 일이 너무 많았다.

최소한 사나흘 정도는 잠도 제대로 못 자고 일해야 할 것 같은 예감에 린은 저도 모르게 길게 한숨을 내쉬었다.

*　　　　*　　　　*

"대체 어떻게 된 거냐?"

박상규는 짐짓 굳은 얼굴로 자신의 맞은편에 앉아 있는 한윤철을 쳐다보았다.

마약 밀매 조직을 소탕하기 위해 한윤철에게 비밀 수사를 지시했다고 보고를 하긴 했지만 그게 아니라는 것은 박상규가 누구보다 잘 알고 있었다.

안 그래도 그것 때문에 방금 위에 불려가 된통 한 소리를 듣고 온 참이었다. 한윤철은 길게 한숨을 내쉬며 천천히 입을 열었다.

"인천 차이나타운의 만물상이라는 골동품 가게가 헤로인을 도매하고 있다는 정보를 얻었습니다. 그곳과 관련이 있다고 하더군요."

"만물상? 인천지검 최태일이가 정리했다는 거기 말이냐? 그것도 네 작품이었냐?"

한윤철은 가만히 고개를 내저으며 말을 이었다.

"아닙니다. 전 그저 구룡회의 관련 여부를 확인하려고 잠입했던 것뿐입니다. 도박꾼 행세를 하며 접근했었지요. 도박꾼들이 대마초나 헤로인을 상습적으로 복용하더군요. 모두 만물상에서 제공한 것들이었습니다."

"그래서 덮쳤다?"

"아뇨. 제가 갔을 때는 이미 난장판이었습니다. 누군가의 습격이라도 받은 것 같더군요. 그냥 내버려 둘 수는 없는 노릇이라 최 검사에게 연락했습니다."

"거긴 그렇다 치자. 그러면 명륜실업은 뭐냐?"

"만물상의 마담 셴이라는 여자가 반쯤 실성한 채로 중얼거리더군요. 명륜실업이 위험하다느니, 빨리 피하라느니……."

그제야 대강의 흐름을 이해한 박상규는 나직이 한숨을 내쉬며 고개를 끄덕였다.

"흐음. 그래서 명륜실업에 가본 거였군. 근데 네가 도착하기 전에 이미 누군가 다녀갔다는 말이로군. 마약상들끼리 이력 다툼이라도 벌인 건가?"

누구라도 당연히 그렇게 생각할 터였다. 경찰 추산이긴 하지만 마약 밀매로 벌어들이는 수익은 수백, 아니, 수천억 대에 이르는 엄청난 것이었으니.

조폭이 얽혀 있는 마약 밀매 조직들 간의 세력 다툼 때문에 벌어진 일이라고 보는 쪽이 가장 설득력 있는 추측이었다. 하지만 한윤철은 가만히 고개를 내저었다.

"아닐 겁니다. 만물상에서 압수한 장부에 따르면 현재 국내에 유통되는 헤로인의 80% 이상을 공급하고 있더군요. 서로 적대하는 소규모 판매 조직과도 비밀리에 거래를 하고 있었습니다. 만물상이 무너지면 오히려 다른 마약 판매 조직들이 공급처가 끊기는 상황입니다. 만물상을 칠 수 있을 만큼 독자적인 헤로인 밀매 루트를 가지고 있는 조직은 현재 전무한 상황입니다."

"그거 사실이냐?"

"최 검사가 그러더군요. 그동안 소규모 판매 조직을 검거해 왔는데 압수한 마약이 같은 곳에서 정제된 것 같았다고요. 물론 만물상에서 압수한 마약과 동일한 것이었습니다. 게다가 밀매 조직 간의 다툼이라면 헤로인을 그대로 남겨 두고 갈 리도 없지 않습니다."

"하긴. 그건 그렇지. 그러면 대체 어떤 놈들이 한 짓인 거야? 설마 구룡회에서 한 일인가? 누가 배신을 하거나 해서 응징한 거라면 말이 되지 않을까?"

박상규는 구룡회를 언급하며 목소리를 낮췄다. 혹시라도 누가 엿들을지도 모르는 일이었으니. 한윤철은 역시나 고개를 내저었다.

"만물상에서 압수한 헤로인과 명륜실업에서 불탄 헤로인은 대충 어림잡아도 수천억 대였습니다. 그런 돈벌이 수단을 포기하다니, 말도 안 되는 일입니다."

"하아……. 그럼 대체 어떤 놈이라는 거냐?"

"모르겠습니다."

한윤철은 고개를 떨궜다. 아무리 생각해 보아도 알 수 없는 일이었다. 현재 국내 뒷세계의 세력 판도는 구룡회를 중심으로 거미줄처럼 뻗어 나와 있었다.

한때 국내 최대의 조폭 조직이었던 서남파가 '라이온스 그룹'을 창설한 이후, 조폭계는 전국 시대를 맞이했다. 하지만 그 대부분은 여전히 서남파의 영향권 아래에 있었다.

수년 전 라이온스 그룹이 구룡회와 손을 잡고 재단법인

진용을 설립한 후, 조폭계는 자연스레 거기에 흡수, 합병되었다.

군소 조직들이 있기는 했지만 서남파와 구룡회의 연합에 저항할 수 있는 자는 아무도 없었다.

겉으로는 기업체 간의 협력 관계처럼 보였지만 그 실상은 한국과 홍콩, 뒷세계의 통합이나 마찬가지였다.

현장에서 발로 뛰는 검사들은 대강이나마 그 사실을 알고 있었다. 하지만 정재계에 큰 영향력을 지닌 터라 아무도 건드리지 못하고 있었다.

한윤철이 구룡회에 대한 조사를 윗선에 보고하지 않고 비밀리에 하고 있는 것도 다 그런 이유 때문이었다.

"그런데 말이다… 윤철이 너, 만물상에 관한 정보는 대체 어디서 얻은 거냐? 최 검사 녀석도 반년이 넘도록 꼬투리 하나 잡지 못했다던데."

"그건……."

한윤철은 입을 다물었다. 두더지에 관한 얘기를 박상규에게 떠벌릴 수는 없는 일이었다.

가만히 한윤철을 바라보던 박상규는 길게 한숨을 내쉬며 말을 이었다.

"말하기 싫으면 됐다. 그나저나 괜찮겠냐?"

"뭐가 말입니까?"

"이번 일. 생각보다 너무 위험한 것 같은데. 계속할 수 있겠냐?"

"위험이야 충분히 각오하고 있습니다."

"내가 걱정이 돼서 그런다. 뭐에 한 번 꽂히면 물불 안 가리고 달려드는 네 녀석 성격 때문에 언제고 한 번은 큰일 치를 것 같단 말이다. 3년 전에도 죽을 뻔했잖냐?"

"그건 단순한 사고였습니다."

박상규의 눈꼬리가 살짝 치켜 올라갔다.

"인마! 내 눈은 무슨 옹이 구멍이냐? 그때 다 알아봤어! 브레이크 쪽 전기 회로를 누가 손본 흔적이 남아 있더군. 네 녀석 꼴을 보아하니 물어봐도 아무 대답 안 해줄 것 같아서 잠자코 지나갔다만 자꾸 이런 식으로 나올래?"

흥분한 박상규가 버럭 소리쳤다. 하지만 한윤철은 별다른 표정 변화 없이 조용히 말했다.

"그때는 제가 조심성이 너무 없었습니다. 다시 그런 실수는 안 할 겁니다. 걱정 마십시오."

"너 인마. 지금 그걸 말이라고……!"

한윤철과 눈빛을 마주한 박상규는 저도 모르게 말꼬리를 흐렸다. 오랜 세월 동안 한윤철을 보아온 박상규였다.

저런 눈빛을 한 한윤철은 끝장을 보지 않는 이상, 누가 뭐라 해도 말릴 수 없는 상태였다. 박상규는 길게 한숨을 내쉬며 말을 이었다.

"오냐. 네 맘대로 해봐라. 뒤는 내가 봐줄 테니까. 대신 도움이 필요하면 무조건 나한테 먼저 연락해. 위험할 것 같으면 너무 무리하지 말고. 알겠냐? 네 녀석한테 무슨 일이 생기면 내가 돌아가신 네 어머님을 뵐 낯이 없다."

버럭 소리치고 으름장을 놓기도 했지만 자신을 걱정하고 있는 박상규의 마음이 전해졌다.

한윤철은 피식 미소를 지으며 가만히 고개를 끄덕였다.

"명심하겠습니다. 부장니… 아니, 형님."

"한 시간 후에 피해자 면담 있습니다, 한 검사님."

막 사무실로 들어서는 한윤철의 귓가에 사무관 유인혜의 냉랭한 음성이 들려왔다.

그리고 보니 지금 맡은 사건을 깜박하고 있었다. 그동안 본 업무에 소홀히 한 탓인지 한윤철을 향한 유인혜의 눈빛은 쌀쌀맞기 그지없었다. 한윤철은 나직이 한숨을 내쉬며 말했다.

"무슨 사건이었죠?"

어이가 없다는 듯 유인혜가 혀를 차며 대답했다.

"보험사기 사건입니다. 엊그제 말씀 드렸었는데요?"

"아아. 그랬었죠? 사건 자료는 어디 있나요?"

그제야 생각이 난 듯 한윤철은 고개를 끄덕이며 물었다. 유인혜의 표정은 어이없음에서 황당무계로 변했다.

"검사님 책상에 제가 직접 가져다 드렸습니다만……?"

어째 더 물어 봤다간 물어뜯길 것 같았다. 한윤철은 조용히 유인혜의 뒤를 스쳐 지나쳐 자신의 집무실로 향했다.

책상 위에 덩그러니 사건 자료철이 놓여 있었다. 한윤철은 길게 한숨을 내쉬며 중얼거렸다.

"맡은 사건을 처리하는 게 먼저겠지?"

자리에 앉아 한윤철은 사건 자료를 펼쳤다. 순간 한줄기 빛살이 뇌리를 스쳤다. 잠시 잊고 있던 것을 퍼뜩 떠올린 한윤철은 다급히 책상 서랍을 열었다.

서류더미 아래에 깔려 있는 낡은 외장하드를 꺼낸 한윤철은 곧장 노트북에 연결했다.

까가각, 하며 외장하드를 읽는 소리가 들려왔다. 외장하드에 저장된 것은 지난 수년간 한윤철이 모아온 구룡회에 대한 자료들이었다.

한참 동안 마우스를 이리저리 클릭하고, 스크롤하며 자료를 뒤지던 한윤철은 순간 멈칫했다.

멀리 떨어진 곳에서 몰래 찍은 것처럼 보이는 두 장의 사진이 눈에 들어왔다. 사진을 뚫어져라 쳐다보던 한윤철은 천천히 마우스를 스크롤했다.

카페 베아투스.

간판을 찍은 사진과 주소가 쓰여 있었다. 단숨에 주소를 외운 한윤철은 곧장 벌떡 일어나 재킷을 걸치고 후다닥 밖으로 달려나갔다.

"저 잠시 나갔다 오겠습니다! 혹시라도 늦으면 유 사무관님이 알아서 처리해 주세요!"

"예?"

놀란 유인혜가 벌떡 일어났다. 하지만 이미 한윤철은 사무실 밖으로 저 멀리 달려나간 후였다.

유인혜는 안 그래도 날카로운 눈매를 왈칵 찌푸렸다.

"대체 뭐야, 저 인간!"

유인혜의 히스테리에 애꿎은 송지훈만 어깨를 움찔하며 눈치를 보기 시작했다.

바늘방석에 앉아 있는 것 같은 불편함을 티도 내지 못하고 송지훈은 조용히 키보드를 두드렸다.

곧장 차를 몰아 종로로 향한 한윤철은 헌법재판소에 차를 세워두고 후다닥 밖으로 달려나왔다.

벌써 3년이 넘게 지났는데도 주위는 거의 변한 것이 없었다. 한윤철은 기억한 주소를 나직이 되뇌며 천천히 걸음을 옮기기 시작했다.

얼마 지나지 않아 한윤철은 불이 켜져 있는 카페 앞에서 걸음을 멈췄다.

"어, 없어진 게 아니었나?"

한윤철은 카페 간판을 바라보며 중얼거렸다. 3년여 전, 지방 발령을 받고 내려갔다가 볼일을 보러 서울에 올라온 적이 한 번 있었다.

그때 혹시나 싶어 이곳을 찾았었는데 문이 잠겨 있었다. 근처 다른 상인들에게 물어보니 벌써 두어 달째 닫혀 있다고 했었다.

그 후에도 두어 번 정도 더 와 봤지만 역시나 문은 굳게 닫혀 있었다.

다른 가게가 들어오지 않는 게 이상하긴 했지만 이내 베아투스에 대한 것은 한윤철의 머릿속에서 잊혀졌다.

그런데 명륜실업이 불타던 날, 그곳으로 향하던 한윤철은 우연찮게도 베아투스에서 몇 번 마주했던 두 사람과 스쳐 지나쳤다.

차 안의 조명이 그리 밝지는 않았지만 잘못 본 게 아니었다. 평소 한 번이라도 스쳐 본 사람이라면 잘 잊어버리지 않는 한윤철이지 않은가.

사건 뒤처리를 하느라 깜빡하고 있던 것을 퍼뜩 떠올린 한윤철은 곧장 이곳을 향해 달려왔다. 하지만 설마 아직까지 남아 있을 거라고는 생각지도 않았다.

한윤철은 멍하니 카페 안을 들여다보았다. 예전과는 달리 손님이 몇몇 앉아 있었다.

한윤철은 나직이 한숨을 내쉬며 천천히 카페로 다가가 문을 밀었다. 딸랑, 하고 익숙한 방울 소리가 들려왔다.

*　　　*　　　*

"상처는 좀 어때요, 찬혁 씨?"

하얀색 셔츠를 걸치고 있는 정찬혁의 귓가에 나직한 신유진의 음성이 들려왔다.

고개를 돌리자 신유진이 문을 열고 빼꼼 고개를 내밀고 있었다. 다른 상처는 모두 한 시간도 채 되지 않아 모두 아물었다.

하지만 두 곳, 악마의 기운에 당한 어깨와 옆구리는 거의 한나절이 지났는데도 아직 완전히 아물지 않았다.

피가 검게 말라붙어 출혈은 없었지만 아직까지 움직이는 데 조금 불편했다.

특히나 어깨 관절에 난 초코파이 크기만 한 관통상 때문에 왼팔을 제대로 들어 올릴 수 없었다.

정찬혁은 한 손으로 셔츠 단추를 잠그고 천천히 몸을 일으켰다.

"아직까지 불편하긴 하지만 통증은 느껴지지 않는다."

"그래요? 그럼 나와서 좀 도와줄래요? 저 혼자 하기에는 손님이 좀 많아서요."

"그러지."

준비실 문을 열자 은은한 클래식 음악이 들려왔다. 도란도란 잡담을 나누는 손님들의 모습이 눈에 들어왔다.

"오늘의 커피 세 잔 부탁해요, 찬혁 씨."

안으로 들어서자 신유진이 기다렸다는 듯 말했다. 정찬혁은 한 손으로 미리 갈아둔 커피 원두를 여과지에 담았다.

천천히 뜨거운 물을 부어 커피를 내리자 짙은 갈색 거품과 함께 커피 향이 주위로 퍼져 나갔다.

딸랑—!

막 두 잔째를 내린 순간, 방울 소리가 들려왔다. 정찬혁은 습관적으로 고개를 돌리며 입을 열었다.

"어서 오십시오."

입구에 선 사내의 모습이 왠지 낯익었다. 서빙을 하던 신유진이 밝게 미소를 지으며 다가갔다.

"어서 오세요, 손니……."

신유진도 사내를 알아본 듯 순간 움찔했다. 하지만 이내 미소를 지으며 사내를 안내했다.

"이쪽으로 오세요, 손님. 마침 빈자리가 딱 하나 남았네요."

멍하니 정찬혁과 신유진은 번갈아보던 사내는 안내하는 대로 자리에 앉았다. 이내 정찬혁은 사내의 이름을 떠올릴 수 있었다.

'한윤철 검사… 였던가?'

기억을 더듬으며 정찬혁은 힐끗 한윤철을 쳐다보았다. 한윤철은 여전히 멍한 얼굴로 아메리카노를 주문했다. 신유진이 다가오며 조용히 귀에 속삭였다.

"저 사람 기억하고 있죠?"

정찬혁은 아메리카노를 준비하며 살짝 고개를 끄덕였다. 신유진의 귓속말이 이어졌다.

"예전에 잠깐 알아봤는데 검사라더군요. 그때도 이상하게 귀찮게 굴더니 이번엔 또 뭘까요?"

"글쎄."

"아무래도 당분간은 조용히 있어야 할까 봐요. 괜히 검사랑 얽히면 일이 꼬일 수도 있으니까."

신유진의 말에 정찬혁은 가만히 고개를 끄덕였다.

한윤철은 귓속말을 나누고 있는 두 사람을 가만히 바라보았다. 예전과는 달리 두 사람이 함께 카페를 운영하고 있는 것 같았다.

'정찬혁, 그리고 신유진… 이라고 했던가?'

예전에 조사했던 두 사람의 신상명세를 떠올리며 한윤철은 물을 한 모금 마셨다.

당시에도 그랬지만 두 사람에게서는 구룡회와의 어떤 접점도 찾을 수 없었다. 죽은 마오의 오른팔이라고 알려진 알렉스와 알고 지낸다는 것 빼고는.

'우연이었을까?'

명륜실업으로 향하는 도로에서 스쳐 지난 두 사람의 모습이 계속 머릿속을 맴돌았다.

우연이라고 하기에는 지금까지 저 두 사람과 너무 많이 부딪쳤다. 무언가 관련이 있을 거라고 생각하는 것은 무척이나 당연한 일이었다.

"아메리카노 나왔습니다. 맛있게 드세요, 손님."

신유진이 다가와 주문한 커피를 내려놓았다. 한윤철은 따듯한 아메리카노를 마시며 가만히 두 사람의 행동을 주시했다. 아무래도 한동안 자주 찾아올 것 같은 예감이 머릿속을 스쳤다.

                    *   *   *

 사흘이 지나서야 왼쪽 어깨와 오른쪽 옆구리의 상처가
사라졌다. 그와 함께 가슴을 물들인 검은 기운도 아주 조금
줄어들었다.

 정찬혁은 왼팔을 이리저리 돌리며 상태를 확인했다. 별
다른 불편함 없이 이전처럼 잘 움직여졌다.

 정찬혁은 그대로 엎드려 검지만으로 팔굽혀펴기를 시작
했다.

 "훅! 훅!"

 순식간에 팔굽혀펴기 50여 개를 한 정찬혁은 가슴이 바
닥에 닿을 정도로 붙였다가 팔의 반동을 이용해 몸을 일으
켰다.

 그 후로 1시간 정도 온몸을 기절할 정도로 혹사시킨 정찬
혁은 피식 미소를 지으며 한쪽 벽에 놓여 있는 침대에 앉았
다.

 "완전히 정상으로 돌아왔군."

 나직이 중얼거리며 정찬혁은 벌렁 침대에 드러누웠다.
잠도 필요 없는 죽은 몸이었지만 할 일이 없을 때에는 침대
에 누워 시간을 보내곤 하던 정찬혁이었다.

 "큭!"

갑자기 찾아온 통증에 정찬혁은 짧은 신음을 토해냈다. 두 번째 악마의 기운을 회수한 덕에 통증이 찾아오는 주기가 미묘하게 변했다.

예전에는 하루 네 번, 여섯 시간마다 한 번씩이었지만 지금은 사흘에 열한 번, 여섯 시간하고도 30분 정도가 지날 때마다 한 번씩 찾아왔다.

심장을 바늘로 찌르는 것 같은 격통은 여전히 익숙해지지 않았다. 그나마 몸에 힘을 완전히 빼고 있는 편이 조금은 버틸 만하다는 요령이 생겼다.

얼마 지나지 않아 통증이 차츰 가라앉았다. 정찬혁은 길게 한숨을 내쉬며 스륵 눈을 감았다.

"쉬는 날인데 이런 음침한 곳에서 뭐해요?!"

신유진의 낮은 외침이 들려왔다. 정찬혁은 천천히 몸을 일으키며 고개를 돌렸다. 계단을 내려오고 있는 신유진의 모습이 보였다.

"웬일이냐? 오늘은 집에서 쉰다고 하지 않았던가?"

"그러려고 했는데 날씨가 너무 좋아서요. 게다가 쇼핑할 것도 있고 해서 왔죠, 뭐."

신유진에게서 반경 1㎞ 이상 떨어져서는 안 된다는 주의사항이 문득 떠올랐다.

귀찮기는 했지만 자신의 몸을 유지하기 위해서는 어쩔

수 없는 일이었다. 정찬혁은 나직이 한숨을 내쉬며 몸을 일
으켰다.

"어디로 갈 거냐?"

신유진은 씨익 미소를 지으며 한마디 했다.

"당연히 명동이죠!"

주말 저녁 시간대의 명동은 그야말로 러시아워에 육박할
정도로 사람이 붐볐다.

주요 패션 상가들이 즐비한 명동은 젊은 연인들의 데이
트 코스나, 중국, 일본 등지의 해외 관광객들의 쇼핑 명소로
널리 알려져 있었다.

신유진은 정찬혁의 팔을 잡아끌고 수많은 인파 속을 거
침없이 헤쳐 나가고 있었다.

다른 사람에게 부딪치지도 않고 요리조리 잽싸게 걸음을
옮기는 것이 혀를 내두를 정도로 능숙했다. 다른 것은 몰라
도 신체 능력은 보통 사람 정도밖에 되지 않는 신유진이었
다.

그런데도 신유진은 놀랄 정도로 잽싸고 요령이 가득했
다. 신유진의 손에 이끌려 걸음을 옮기는 정찬혁의 한 손에
는 쇼핑백이 가득했다. 모두 신유진이 산 물건들이었다.

신유진은 다음에 또 언제 올지 모르니 필요한 것은 지금

사둬야 한다며 당장은 쓰지도 않을 물건들도 마구 사들였다. 벌써 명동에서만 세 시간 동안 이곳저곳을 오가고 있었다.

어느새 정찬혁의 양손에 짐이 가득했다. 하지만 신유진은 그래도 부족하다는 듯 골목 어귀에 있는 제화점으로 쪼르르 달려갔다.

정찬혁은 저도 모르게 한숨을 내쉬며 천천히 그 뒤를 따랐다. 그러다 문득 자신을 향한 시선을 느끼고 고개를 돌렸다.

모자를 깊이 눌러 쓴 사내가 모른 척 고개를 돌리는 것이 눈에 들어왔다. 10여 미터의 거리가 있기는 했지만 누군지 쉽게 알아 볼 수 있었다.

"또 시작이로군."

정찬혁은 피식 미소를 지으며 중얼거렸다.

"예? 뭐가요?"

언제 다가온 것인지 신유진이 고개를 갸웃하며 물었다. 정찬혁은 가만히 고개를 내저었다.

"아무것도 아니다."

"그럼 빨리 가요. 또 살게 있다고요."

신유진은 짐을 가득 든 정찬혁의 팔에 팔짱을 끼고는 강하게 끌어당겼다. 그러면서 짧은 순간 힐끗 뒤를 돌아보며 미소를 지었다.

"헛!"

짧은 신음을 토해내며 한윤철은 다급히 시선을 돌렸다. 순간적으로 신유진과 눈이 마주친 것 같았다.

자신과 눈이 마주치자 신유진은 희미한 미소를 지었다. 우연히 눈이 마주친 거라고 하기에는 그 미소가 마음에 걸렸다. 하지만 한윤철은 이내 고개를 내저었다.

"설마. 아니겠지."

"꺄악!"

수많은 인파 사이에서 비명이 들려왔다. 사람들이 웅성웅성거리며 뒷걸음질 쳤다.

20대 초반 쯤으로 보이는 여성이 주저앉아 있었다. 미니 스커트를 입은 여성의 오른쪽 허벅지에서 붉은 피가 배어 나오고 있었다.

그 앞에는 낡은 점퍼 차림에 산발한 머리가 희끗희끗한 술에 취한 것으로 보이는 노숙자 사내가 피가 묻은 커터 칼을 한 손에 꽉 움켜쥐고 있었다.

"빌어먹을! 뭐가 그리 좋다고 꺄꺄대고 야단이야아―!"

노숙자 사내는 버럭 소리치며 피 묻은 커터 칼을 이리저리 휘둘렀다.

사내의 흉흉한 기세에 사람들은 섣불리 다가가지 못했다. 쓰러져 있는 여성은 사내가 휘두른 커터 칼에 상처를 입은 것 같았다.

"뭐야, 저거?"

"미쳤나봐. 왜 저래?"

"야. 이거 찍어서 올리면 대박이겠다. 빨랑 찍어!"

모여든 사람들이 웅성거렸다. 그들 중 몇몇은 뭐가 그리 좋은지 미소를 지으며 휴대폰을 꺼내 현장을 동영상으로 찍고 있었다.

사람들의 시선이 모이자 노숙자 사내는 술에 취한 걸걸한 음성을 토해내며 커터 칼을 휘둘렀다.

"뭐, 구경났냐? 앙! ×발, ×같은 세상! 다 꺼져! 꺼지라고!"

노숙자 사내의 뒤에서 조심스레 한 청년이 쓰러진 여성에게 다가갔다.

청년이 막 여성 가까이에 닿은 순간 노숙자 사내가 버럭 소리치며 청년에게 커터 칼을 휘둘렀다.

"×발, 내 말이 말 같지 않아!"

움찔하며 청년은 방어를 위해 본능적으로 한 손을 들었다. 화끈한 통증과 함께 핏줄기가 허공으로 튀었다. 커터 칼이 청년의 손바닥을 길게 스쳤다.

"으, 으아악!"

청년은 밀려오는 통증에 비명을 지르며 벌렁 뒤로 나자빠졌다. 노숙자 사내는 쓰러진 청년에게 발길질을 하며 소리쳤다.

"내가 꺼지라고 말했잖아! 앙! 지금 내가 이 모양, 이 꼴이라고 무시하는 거냐?"

"큭!"

쓰러진 청년은 몸을 잔뜩 웅크리고 노숙자 사내의 발길질에 버텼다. 하지만 명치에 발끝이 날아들자 짧은 신음을 토해내며 기절해 버렸다.

청년이 거품을 물고 기절하자 노숙자 사내는 발길질을 멈추고 거친 숨을 몰아쉬었다. 희번득한 눈으로 고개를 돌리자 모여 있던 사람들이 움찔하며 한 걸음 뒤로 물러났다.

"나서지 않을 거예요?"

사람들 사이에서 그 모습을 지켜보고 있던 신유진이 자신의 바로 뒤에 있는 정찬혁을 힐끔 바라보며 물었다. 정찬혁은 무표정한 얼굴로 말했다.

"먼저 나선 사람이 있군."

신유진은 급히 고개를 돌렸다. 근육질의 덩치 큰 사내 둘이 노숙자 사내에게 다가가는 것이 눈에 들어왔다.

"×발 뭐야, 니들은?"

노숙자 사내가 위협적으로 커터 칼을 휘두르며 자신에게 다가오는 두 근육질의 사내를 노려보았다.

"관장님. 어쩔까요?"

둘 중 조금 젊어 보이는 사내가 물었다. 다른 근육질 사내가 조용히 말했다.

"내가 해결할 테니까 넌 지켜보고 있어라."

말을 마친 나이 든 근육질 사내가 천천히 노숙자 사내에게 다가갔다.

키가 거의 190㎝에 가까워 보이는 사내가 다가오자 위협을 느낀 노숙자 사내가 버럭 소리치며 커터 칼을 내리 그었다.

"오지 말라고, ×발!"

근육질 사내는 눈 하나 깜짝하지 않고 천천히 손을 뻗어 노숙자 사내의 팔목을 꽉 움켜쥐었다.

손목이 부러질 것 같은 통증에 노숙자 사내는 그대로 커터 칼을 떨어뜨렸다.

"적당히 하십시오, 어르신. 술에 취해 이게 무슨 꼴입니까?"

노숙자 사내는 근육질 사내의 손을 떨쳐내지 못해 끙끙거리면서도 콧김을 뿜어내며 소리쳤다.

"네까짓 게 뭔데 감히 이래라, 저래라야!"

노숙자 사내는 발길질을 했지만 근육질 사내는 태연한 얼굴로 옆에 있는 젊은 근육질 사내에게 고개를 돌렸다.

"경찰에 신고는 했냐?"

"곧 올 겁니다, 관장님. 구급차도 불러 놨으니 걱정 마십쇼."

"잘했다."

노숙자 사내는 계속 발버둥 쳤다. 하지만 근육질 사내는 꽉 잡은 팔목을 놓지 않았다. 멀리서 사이렌 소리가 빠른 속도로 가까워졌다.

이내 사람들 사이를 뚫고 경찰이 다가왔다. 근육질 사내는 여전히 발버둥 치는 노숙자 사내를 경찰에게 건넸다. 수갑을 채우는 중에도 노숙자 사내는 버럭 소리치며 발광했다.

"내가 무슨 죄를 지었다고 이래! 이거 놔! 놓으라고, × 발!"

발버둥 치는 노숙자 사내를 경찰 두 사람이 연행해 갔다. 사람들이 경찰을 피해 좌우로 갈라졌다.

출동한 경찰은 모두 네 사람이었다. 한 사람은 여성 경찰로, 쓰러져 있는 여성의 상처를 돌보고 있었다. 나머지 한 경찰이 근육질 사내에게 다가와 말했다.

"다들 구경만 하고 있는데 나서시다니, 대단하십니다."

"당연히 해야 할 일입니다."

"조서를 꾸며야 하니 서까지 동행해 주시겠습니까?"

"그러지요."

근육질 사내는 경찰의 뒤를 따라 걸음을 옮기기 시작했다. 그러다 문득 무언가 생각난 듯 입을 열었다.

"그리고 보니 119에 신고도 했습니다. 상처가 심해 보여서 말이죠."

"아, 그렇습니까? 이봐, 양 순경."

여성의 상처를 돌보고 있던 여성 경찰관이 고개를 돌렸다.

"예!"

"곧 구급차가 올 거라니까 피해자 분은 병원까지 모셔다 드리고 와. 사정청취는 나중에 할 테니까 어느 병원인지 확실히 알아두고."

"알겠습니다."

양 순경의 대답을 들은 경찰은 미소를 지으며 근육질 사내에게 말했다.

"그럼 가시죠."

근육질 사내가 경찰을 따라 걸음을 옮기기 시작하자 주위에 모여든 사람들이 하나둘 박수를 치기 시작했다.

몇몇 사람은 휘파람과 환호성까지 질렀다. 근육질 사내는 뒷머리를 긁적이며 그 사이를 지났다.

"야, 완전 대박! 지금 '좋아요' 숫자 막 올라간다. 크크크."

"리트윗하고 난리도 아니다. 진짜 대박이야."

사람들의 환호성 사이로 몇몇 철없는 음성이 들려왔다. 상황이 모두 정리되자 모여든 사람들이 웅성거리며 흩어졌다.

하지만 정찬혁은 그 자리에 멈춰 선 채, 경찰에 끌려간 노숙자 사내의 뒷모습을 쫓았다.

악마의 기운은 전혀 보이지 않는 자였지만 이상하게도 눈길을 끌었다.

"왜 그래요?"

"아무것도 아니다."

정찬혁은 고개를 가만히 내저으며 돌아섰다. 조금 전의 노숙자 사내를 다시 한 번 만날 것 같은 예감이 문득 머릿속을 스쳤다. 이내 고개를 절레절레 흔들며 정찬혁은 입을 열었다.

"이제 돌아가는 건가?"

"무슨 소리예요? 아직 한참 남았다고요! 빨랑 따라오기나 해요!"

신유진은 씨익 미소를 지으며 종종 걸음으로 어딘가로
향했다. 그 모습을 가만히 바라보며 정찬혁은 저도 모르게
깊은 한숨을 내쉬었다. 왠지 모르게 피곤한 하루였다.

Rule *05*

전이(轉移)

조금의 빛도 흘러들지 않는 짙은 어둠 아래에 한 사내가 서 있었다. 그의 시선은 눈앞의 건물, 서린 종합병원으로 향해 있었다.

　가로등이 깨진 데다 별빛도, 달빛도 구름 속에 모습을 감춘 터라 주위는 어둡기만 했다. 어둠 속에 자연히 녹아들듯 사내의 차림새 또한 검은색 일색이었다.

　무릎 아래 까지 내려오는 검은색 코트가 사내의 몸을 완전히 감싸고 있었다. 챙이 긴 검은색 페도라를 쓰고 있는 사내의 허리까지 내려오는 긴 흑발이 차가운 바람에 휘날렸다. 어둠 속에서 사내의 날카로운 눈빛만이 번쩍였다.

"이럴 수가. 감히 누가……."

사내는 신음하듯 나직이 중얼거리며 빠드득 이를 갈았다. 수년, 아니, 수십 년에 걸쳐 뿌려 둔 악의 씨앗이 사라져 버린 탓이었다.

씨앗이 성장해 충분히 거둬들일 수 있을 만큼 열매를 맺었을 시기였다. 그런데 사라져 버리다니. 있을 수 없는 일이었다.

희미하게나마 기운의 자취는 남아 있었지만 그마저도 거의 사라질 지경이었다. 누군가 자신보다 앞서 기운을 회수했다는 뜻이었다.

사내는 가볍게 발을 굴렀다. 순간 사내의 몸에 허공으로 훌쩍 날아올랐다. 10여 미터의 허공에 멈춰 선 사내는 두 손을 뻗었다. 검은 기운이 일렁이며 사내의 손에서 뿜어져 나와 병원 전체를 감쌌다.

최근 몇 달간 병원에서 있었던 과거의 일이 사내의 머릿속에 주마등처럼 스쳐 지나쳤다. 하지만 이상하게도 그중 일부가 제대로 보이지 않았다. 짙은 안개가 낀 것처럼 뿌옇기만 했다.

그렇다는 것은.

"결계… 로군."

제대로 보이지 않는 구간은 약 이틀 정도의 분량이었다. 그 사이에 무슨 일이 있었던 게 틀림없었다.

사내는 가만히 병원을 내려다보았다. 사내의 눈빛이 검게 물들기 시작했다. 희미하게 남아 있는 기운들이 조금씩 뚜렷해지기 시작했다.

하지만 결계의 흔적은 깨끗하게 지워져 있었다. 한참을 뚫어져라 내려다보던 사내는 이내 혀를 차며 고개를 돌렸다.

"쳇! 아무 흔적도 남기지 않았군."

선수를 친 것이 누군지 알 수는 없었지만 꽤나 용의주도한 자였다.

허탕을 친 것은 지금이 두 번째였다. 서울을 중심으로 경기도 전역에 뿌려둔 씨앗 중, 가장 회수하기 적절한 시기가 다가온 두 곳에서 허탕을 친 것이다.

지금까지 사내가 회수한 기운은 모두 셋, 아직 시기가 되지 않아 내버려 둔 것은 42개 정도였다. 남은 것들도 빠르면 보름 안에 회수할 시기가 찾아올 터였다.

하지만 모두 회수할 수 있다는 보장이 없었다. 이미 두 개를 빼앗기지 않았던가. 그렇다고 설익은 것을 미리 회수할 수는 없는 일이었다.

약탈자를 먼저 제거해야만 했다. 하지만 찾아낼 방법이

없었다. 한참을 고민하던 사내는 한 가지 방법을 떠올리고
는 허공으로 손을 뻗었다.

후우웅―

사내를 중심으로 검은 소용돌이가 생겨났다. 주위 가득
한 어둠보다 더욱 짙은 어둠이 생겨나 허공으로 뻗어 나갔
다. 순간 사내는 짧은 기합을 토해냈다.

"핫!"

허공으로 뻗어 나간 검은 기운은 사내의 기합과 동시에
수십 갈래로 흩어져 사방으로 뻗어 나갔다. 몸의 기운을 소
진한 사내는 거친 숨을 몰아쉬며 천천히 바닥에 착지했다.

"헉헉! 이 정도면 내가 깨어나기 전까지 약탈자를 막을
수 있겠지."

나직이 중얼거리며 사내는 검은 안개로 화해 짙은 어둠
속에 녹아들었다.

활짝 열린 창으로 신유진은 먹구름이 가득한 하늘을 가
만히 바라보고 있었다.

"역시 그렇게 나오시는군요. 그 정도는 저도 충분히 예상
하고 있다구요."

나직이 중얼거리며 신유진은 창을 닫았다.

　한윤철은 저도 모르게 한숨을 내쉬었다. 지난 보름 동안 베아투스에 거의 출근하다시피 하며 정찬혁과 신유진을 감시해 보았지만 수상한 점은 전혀 보이지 않았다.

　정찬혁이 조금 무뚝뚝해 보이기는 했지만 동업을 하는 연인의 모습이었다. 카페를 닫을 때면 두 사람은 명동이나, 강남 등지로 데이트를 가곤 했다. 수상쩍은 연락이나 행동은 전혀 보이지 않았다.

　"또 오셨네요?"

　매일같이 오다 보니 한윤철이 카페에 들어서자 신유진이 방긋 미소를 지으며 다가왔다.

　한윤철은 길게 한숨을 내쉬며 빈자리를 찾아 앉았다. 막 주문을 하려는 찰나, 신유진이 먼저 선수를 쳤다.

　"따듯한 아메리카노 한 잔, 맞죠?"

　"예. 그걸로 주십시오."

　이곳에 오는 것도 오늘로 마지막이었다. 차라리 명륜실업과 재단법인 진용과의 관계를 깊이 파고들어 증거를 잡는 쪽이 훨씬 빠를 것 같았다.

　어느새 자신의 앞에 놓인 아메리카노를 마시며 한윤철은 진용을 옭아맬 방법을 생각하기 시작했다.

"아무래도 포기한 것 같죠?"

한윤철의 표정을 살피던 신유진이 조용히 귓속말을 했다. 정찬혁은 가만히 고개를 끄덕였다.

그동안 내키지 않는 연인 행세를 하느라 고생한 것을 생각하니 절로 한숨이 흘러나왔다. 다행히도 한윤철은 그 모습을 꾸민 것이 아니라고 생각하는 것 같았다.

"그래도 혹시 모르니까 보험을 들어놔야겠어요."

아직 따듯한 아메리카노를 반쯤 남긴 채 몸을 일으킨 한윤철을 힐끗 바라보며 신유진이 중얼거렸다.

한윤철이 밖으로 나가자 신유진은 앞치마를 풀어 정찬혁에게 휙 던졌다.

"잠시 나갔다 올 게요. 금방 돌아올 테니까 기다려요."

한윤철은 바지 주머니에 양손을 쑤셔 넣은 채 차를 세워둔 헌법재판소 주차장으로 향했다.

사람들이 잘 지나다니지 않는 지름길을 통해 걸음을 옮기던 한윤철은 문득 인기척을 느끼고는 고개를 돌렸다. 빠른 속도로 다가오는 누군가를 본 순간, 한윤철은 그대로 정신을 잃었다.

"이봐요. 정신 차려요. 이런 곳에서 잠들면 어떡합니까?"

누군가 부르는 소리에 한윤철은 천천히 눈을 떴다. 한쪽 팔뚝에 방범대원이라 쓴 표찰을 메고 있는 중년 사내가 한윤철의 어깨를 흔들고 있었다.

한윤철은 아직까지 제정신이 돌아오지 않았는지 멍한 얼굴로 중얼거렸다.

"여긴 어디……?"

"어디고 자시고 간에 술에 취했으면 집에 들어갈 일이지 길바닥에서 자면 어쩝니까? 얼어 죽으려고 작정했어요?"

사내의 말에 그제야 오한이 느껴진 한윤철은 어깨를 부들부들 떨었다. 갑자기 정신이 번쩍 들었다. 벌떡 일어난 한윤철은 주위를 둘러보았다. 낯선 곳이었다.

"여, 여기가 어딥니까?"

"어이구야. 아직도 정신 못 차렸소? 얼마나 술을 마셨으면 기억도 제대로 안 날까. 헌법 재판소 뒷골목이오. 이제 좀 기억이 나는 거요?"

"헌법 재판소?"

한윤철은 고개를 갸웃했다. 왜 자신이 이런 곳에 쓰러져 있는지 도무지 기억이 나지 않았다. 분명 정시에 퇴근에 집에 가려던 참이었다.

그런데 헌법 재판소라니. 가만히 기억을 더듬어 보았지만 생각나는 것은 전혀 없었다. 그저 약간의 두통만이 느껴질 뿐이었다.

관자놀이를 지그시 누르던 한윤철은 무언가에 홀리기라도 한 듯 천천히 걸음을 옮기기 시작했다.

"이봐요. 제대로 정신 차리긴 한 거요?"

방범대원이 따라오며 말을 걸었다. 한윤철은 괜찮다는 듯 가볍게 손을 흔들어 주고는 골목을 빠져 나와 헌법 재판소 주차장으로 향했다.

재판소 문은 잠겨 있었지만 경비를 서고 있는 경찰에게 검사증을 보여주자 문을 열었다. 차에 올라 시동을 걸던 한윤철은 문득 한 가지 사실을 떠올렸다.

'내 차가 여기 있다는 건 어떻게 안 거지?'

고개를 갸웃거려 봤자 답은 나오지 않았다. 한윤철은 목을 이리저리 흔들며 나직이 중얼거렸다.

"아무래도 요즘 너무 무리를 해서 그런 건가? 하루 정도는 푹 쉬어야겠군그래."

간단한 스트레칭으로 굳은 몸을 푼 한윤철은 그대로 차를 몰아 자신의 자취방으로 향했다.

막 헌법 재판소를 빠져나오는 한윤철의 차를 바라보며 한유진이 나직이 중얼거렸다.

"잘 가요, 한 검사님. 앞으로 다시 볼 일은 없겠죠?"

*   *   *

"젠장······. 빌어먹을 세상 같으니······."

전형적인 노숙자 차림을 한 사내가 술에 취해 비틀거리며 어두운 골목을 지나고 있었다.

한때 중소기업 사장이었지만 부도 어음을 막지 못해 노숙자가 된 자신의 신세를 한탄하며 사내는 비틀비틀 걸음을 옮겨갔다.

세상이 원망스럽고 사람이 미웠다. 잘나가던 때에는 자신에게 잘 보이지 못해 안달이 났던 사람들은 언제 그랬냐는 듯 도움을 요청하는 자신을 외면했다.

가족들조차 자신을 멸시하고 경멸했다. 회사가 망하는 것과 동시에 모든 것을 잃은 사내는 그렇게 길거리로 향했다.

멀쩡한 중소기업 사장이었던 사내가 전형적인 노숙자의 모습으로 변하기까지는 그리 긴 시간이 필요하지 않았다.

믿었던 사람들의 배신으로 절망한 사내는 매일같이 구걸한 돈으로 술을 마셔댔다.

오늘도 벌써 소주를 다섯 병이나 비운 참이었다. 제대로 먹은 것도 없이 빈속에 술을 마셔, 취기는 더욱 빨리 돌았다.

취기가 오를 때면 사내는 언제나 세상을 저주하고 욕했다. 술에 취해 흥분한 탓에 커터 칼을 들고 명동거리 한가운데에서 난동을 부린 적도 있었다.

그러다 경찰에 잡혀 보름이 넘게 유치장에 갇혀 있다가 나온 지 채 이틀도 지나지 않았다.

사내는 반쯤 남은 소주를 단숨에 마시고는 빈 병을 획 던졌다. 바닥에 떨어진 소주병이 박살 나는 소리가 들려왔다.

그 바람에 쓰레기 더미를 뒤지던 고양이가 놀라 후다닥 달아났다. 순식간에 저 멀리 달아나는 고양이를 물끄러미 바라보던 사내는 버럭 화를 내며 깨진 병조각을 던졌다.

"×발! 고양이 새끼가 감히 어디라고 함부로 날뛰는 거야?"

잔뜩 쌓여 있던 쓰레기 더미가 흘러내렸다. 그 안에서 작은 새끼고양이가 낮은 울음을 흘리며 나왔다. 사내의 눈썹이 꿈틀했다.

태어난 지 얼마 지나지 않은 듯 새끼고양이는 걸음이 서툴렀다. 사내가 천천히 다가가자 새끼고양이는 위기를 느끼고 달아나려 했다.

하지만 사내의 손이 조금 더 빨랐다. 사내는 새끼고양이의 목덜미를 콱 움켜쥐고 들어올렸다. 새끼고양이가 발톱을 세우고 버둥거렸다.

그러다 사내의 손목을 살짝 할퀴었다. 피가 배어나오기 시작했다. 사내는 왈칵 인상을 찌푸리며 그대로 새끼고양이를 힘껏 벽에 집어던졌다.

"빌어먹을 고양이 새끼가!"

"캉!"

새끼고양이는 그대로 벽에 부딪쳐 핏줄기를 뿜어내며 바닥에 떨어졌다. 한차례 파르르 떨던 새끼고양이는 이내 움직임이 멎었다.

하지만 아직도 분이 풀리지 않았는지 사내는 죽은 새끼고양이에게 다가가 마구 짓밟았다. 피가 튀고 살점이 날았다. 새끼고양이는 이내 제 형체도 알아볼 수 없을 만큼 짓이겨졌다.

그 후로도 한참을 미친 듯 발길질을 하던 사내는 흥분이 가라앉은 듯 거친 숨을 몰아쉬며 천천히 돌아섰다.

그때였다.

우드득! 콰득!

무언가 부러지는 소리와 뜯겨나가는 소리가 사내의 귓가에 들려왔다. 사내는 소리가 들려온 방향으로 고개를 돌렸다. 쓰레기 더미 너머에서 무언가가 꿈틀거렸다.

사내는 저도 모르게 그쪽으로 향했다. 순간 사내의 눈이 크게 치켜떠졌다. 호리호리한 체구의 여성이 건장한 체격의 사내를 쓰러뜨리고 생살을 물어뜯고 있었다.

순식간에 술기운이 확 달아났다. 본능적인 두려움에 피해야 한다는 생각이 가득했다. 하지만 가위에라도 눌린 듯 몸이 굳어 제대로 움직여지지 않았다.

가위 눌림을 풀려면 손가락을 먼저 움직여야 한다는 소리 떠올린 사내는 온 신경을 손끝에 집중했다. 다행히도 여성은 시체를 파먹는 일에 열중하고 있어 노숙자 사내를 못 본 것 같았다.

이내 파르르 떨리던 손가락이 조금씩 움직이기 시작했다. 동시에 어혈이 풀리듯 찌르르한 느낌과 함께 굳어 있던 몸이 움직이기 시작했다.

사내는 힐끔힐끔 눈치를 보며 조심스레 쓰레기 더미 너머로 물러나기 시작했다. 하지만 너무 긴장한 탓인지 커다란 쓰레기봉투를 건드렸다.

부스럭거리는 소리와 함께 쓰레기봉투가 굴러 떨어졌다. 순간 시체를 파먹던 여성이 멈칫했다. 이내 여성이 천천히 노숙자 사내 쪽으로 고개를 돌렸다.

입가에 시뻘건 피를 잔뜩 묻히고 있는 여성의 모습에 사내는 헛바람을 집어삼켰다.

"헉!"

순간 여성이 마치 고양이처럼 날랜 몸놀림으로 사내를
향해 달려들었다. 사내는 비명을 지르며 돌아서서 내달리
기 시작했다.

"으, 으아아아—!"

사내는 채 다섯 걸음도 달아나지 못했다. 쓰레기 더미를
훌쩍 뛰어넘은 여성이 자신의 앞을 막아선 탓이었다.

방향을 바꾸려던 사내는 발이 꼬여 그 자리에 털썩 쓰러
졌다. 사내는 급히 몸을 일으켜 달아나려 했다. 하지만 어
느새 여성의 손에 뒷덜미를 잡히고 말았다. 자신의 절반 정
도밖에 되지 않는 가느다란 손이었지만 엄청난 힘에 사내
는 벗어날 수 없었다.

여성은 그대로 사내를 가볍게 바닥에 내팽개쳤다. 등을
호되게 부딪친 사내는 꽉 막힌 신음을 토해냈다.

"컥!"

동시에 여성이 쓰러진 사내를 향해 달려들었다. 사내의
가슴에 올라탄 여성은 아직도 피가 뚝뚝 떨어지고 있는 입
을 크게 벌리고 사내의 목덜미를 꽉 깨물었다.

"크, 크아아악—!"

사내는 목청이 찢어져라 비명을 질렀다. 이내 밀려오는
통증을 이기지 못한 사내는 그대로 정신을 잃었다.

얼음처럼 차가운 빗줄기가 몸을 적셨다. 노숙자 사내는 천천히 눈을 떴다. 사내의 옆에는 미라처럼 비쩍 마른 여성의 시체가 나뒹굴고 있었다. 하지만 사내는 눈길 하나 주지 않고 천천히 몸을 일으켰다.

"다 죽인다⋯⋯. 다 죽여 버릴 거야⋯⋯."

사내는 살기 어린 말을 조용히 내뱉으며 천천히 어딘가로 걸음을 옮기기 시작했다.

쏟아지는 비를 맞으며 걸음을 옮기는 사내의 목덜미는 맹수에게라도 물어뜯긴 듯 살점이 움푹 팬 이빨 자국이 진하게 남아 있었다.

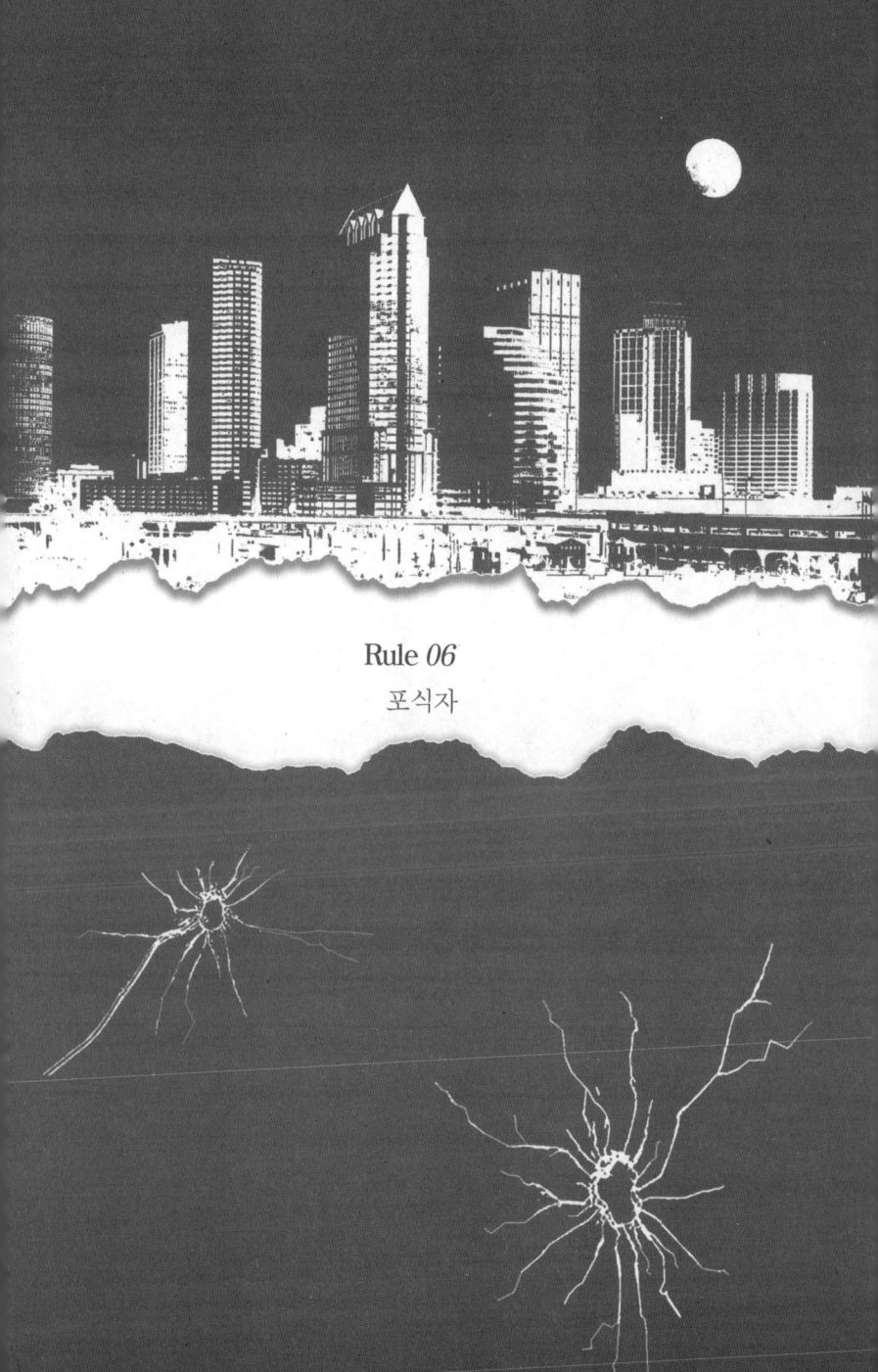

Rule *06*

포식자

여느 때처럼 정찬혁은 이른 새벽부터 트레이닝을 하고 있었다. 잠도 잘 수 없는 몸이라 잠깐 누워 있는 두어 시간을 빼고는 긴 밤을 보낼 만한 것은 트레이닝밖에 없었다.

트레이닝의 강도는 이전과 다름없이 웬만한 트레이너들도 흉내조차 못 낼 정도로 격렬했다.

달라진 것은 몸의 반응이었다. 이전에는 전혀 땀도 나지 않고 지치지도 않던 몸이었다. 그런데 두 번째 기운을 회수한 후부터 아주 조금이지만 땀이 나기 시작했다.

땀이라고 하기에는 미안할 정도로 살짝 묻어나는 정도였

지만 몸이 되살아나고 있다는 증거이기도 했다.

물론 땀을 내기 위해서는 너덧 시간 동안 쉬지 않고 트레이닝을 해야 했지만, 죽은 몸이 아주 조금씩 되살아나고 있다는 뜻이었다.

한참을 정신없이 몸을 혹사하던 정찬혁은 알람시계가 울리자 멈칫하며 몸을 일으켰다.

알람을 끄고 이마를 매만지자 약간의 땀이 묻어났다. 땀방울이 맺힐 정도는 아니었지만 손에 살짝 묻어날 정도였다. 정찬혁은 저도 모르게 피식 미소를 지었다.

이내 정찬혁은 계단을 오르기 시작했다. 이른 시간이었지만 미리 카페를 열 준비를 해둬야 했다.

안 그래도 예전에 비해 손님이 수십 배는 많아져 준비해야 할 것이 많았다. 준비실에서 원두 봉투 하나를 들고 밖으로 나온 정찬혁은 그라인더로 원두를 곱게 갈았다.

요즘은 2kg짜리 원두를 하루에 하나씩 소모하고 있었다. 커피 한 잔을 내리는데 원두를 많이 쓰기도 했지만, 그만큼 손님이 많이 늘었다는 반증이었다.

대부분의 카페에서는 원두를 자동 그라인더로 갈았지만 정찬혁은 핸드 그라인더를 사용했다. 때문에 원두를 모두 가는데 거의 두어 시간이 걸렸다.

절반 정도 원두를 갈았을 때에 문이 덜컹 열리고 신유진이 뛰어들었다.

"좋은 아침! 잘 잤어요, 찬혁 씨?"

신유진의 밝은 인사에도 정찬혁은 무표정한 얼굴로 입을
열었다.

"내 몸이 잠들지 못한다는 건 너도 잘 알고 있을 텐데."

정찬혁의 말에 신유진은 나직이 한숨을 내쉬며 투덜거렸
다.

"그냥 인사예요, 인사. 다 알면서 일부러 그러는 거예요?
사람이 말이야, 오늘은 선물도 가져왔는데."

"선물?"

정찬혁이 고개를 갸웃하자 신유진은 씨익 미소를 지으며
입고 있던 스커트를 허벅지까지 올리고 무언가를 꺼냈다.

칭, 하는 낮은 금속성이 들려오는 것과 동시에 신유진은
손에 든 것을 정찬혁에게 던졌다.

핏―!

낮은 파공성과 함께 신유진이 던진 무언가가 정찬혁의
오른쪽 볼을 스쳐 지나쳐 뒤에 있는 찬장에 꽂혔다.

검은 피가 한 방울 주룩 흘렀다. 정찬혁은 천천히 고개를
돌렸다. 찬장에 꽂혀 있는 것은 한 뼘 정도 길이의 단검이
었다.

흔히들 레저용 핸드나이프라고 불리는 접이식 단검이었

다. 정찬혁은 단검을 뽑아 들었다. 미끄러짐 방지를 위해 엄지와 검지 부분에 홈이 파여 있어 손에 딱 맞았다.

칼날은 원의 한쪽 부분을 잘라 낸 듯한 모양이었다. 손잡이보다 칼날이 조금 짧아 접으면 손잡이 부분에 칼날이 깔끔하게 수납되는 형태라 휴대하기 편한 구조였다.

"이게 뭐지?"

정찬혁은 날을 접으며 신유진에게 질문을 던졌다. 신유진은 여전히 미소를 띤 채 말했다.

"에이. 다 아시면서. 일전에 말했던 접근 전용 무기예요. 잘 살펴보면 알겠지만 날 부분에 깨알같이 라틴어 성구(聖句)가 새겨져 있어요. 게다가 제련할 때 성수도 잔뜩 사용했으니까 각성(覺醒)한 악마의 기운을 상대하기에는 안성맞춤일 거예요."

"각성?"

"숙주의 감정에 따라 공격적인 물리력을 발휘하는 걸 그렇게 부르기로 했어요. 그다음 단계가 있을지도 모르지만요."

"각성이라……."

정찬혁은 조용히 되뇌며 핸드나이프의 날을 펼쳐서 이리저리 허공에 휘둘러보았다. 손아귀에도 딱 맞는 것이 제법 잘 만들어진 것 같았다.

정찬혁은 허공에 핸드나이프를 던졌다가 가볍게 받아 들

며 피식 미소를 지었다.

"맘에 드는군. 잘 사용하겠다."

"그게 누가 만든 건데요. 당연히 잘 써야죠. 안 그래요?"

신유진은 팔짱을 낀 채 콧대를 세워 보이며 잘난 체했다. 정찬혁은 대답 대신 가만히 고개를 끄덕였다.

문득 잊고 있던 것이 생각난 신유진이 말을 이었다.

"아참! 방어구는 조금만 더 기다려 줘요. 재료 구하는 것도 그렇고, 그거 만드느라 남은 기운을 다 소모해 버려서 시간이 꽤 걸릴 것 같아요."

"알겠다."

"그럼 가게 열 준비할 게요."

신유진은 준비실로 쪼르르 달려 들어가서 앞치마를 걸치고 나와 테이블과 의자를 정리했다.

신유진이 간단한 청소를 하는 동안 정찬혁은 원두를 다 갈았다. 곱게 갈린 원두를 정리하고 나자 다시 알람이 울렸다.

정찬혁은 그대로 준비실로 들어갔다. 막 안에 들어선 순간 심장의 통증이 찾아왔다. 정찬혁은 그 자리에 힘없이 풀썩 주저앉으며 고통에 몸을 맡겼다.

*　　　*　　　*

"거참. 어디 동물원에서 사자라도 탈출한 건가?"

서울 중부 경찰서 형사과 강력2반 팀장인 김만섭 경위는 담배를 문 채 시신을 덮고 있는 흰 천을 들어보며 나직이 중얼거렸다.

김 경위의 뒤에 서 있는 정장 차림의 젊은 형사가 안경을 추켜올리며 대답했다.

"그런 보고는 없었습니다, 반장님."

김 경위는 인상을 찌푸리며 천천히 몸을 일으켰다.

"누가 그걸 모르냐? 그냥 한 번 해본 소리다, 이 자식아!"

젊은 형사에게 면박을 주고는 돌아선 김 경위는 주위를 둘러보았다. 쓰레기 더미가 쌓여 있는데다 워낙 구석진 곳이라 사람들이 잘 오지 않는다는 것은 한눈에 알 수 있었다.

가만히 현장을 둘러보던 김 경위의 귀에 과학 수사반의 음성이 들려왔다.

"김 경위님! 여기 좀 와보십쇼."

"뭐야?"

김 경위는 살집이 있는 무거운 몸을 이끌고 자신을 부르는 과학 수사반원에게 다가갔다.

과학 수사반원은 쓰레기 더미에 묻힌 채 피투성이가 된 옷을 입고 있는 비쩍 마른 시신을 가리켰다.

"이게 뭘로 보이십니까?"

"미라냐?"

"제 눈에도 그렇게 보입니다만……."

"미라가 왜 이런데 있는 거냐?"

"글쎄요? 복장으로 보면 젊은 여자 같은데 시체 상태가 한 30년은 밀폐된 공간에 있었던 것 같으니."

김 경위는 미간을 찌푸린 채 미라화된 시체에 다가가 피로 물든 옷을 뒤졌다.

재킷 안주머니에서 카드 지갑을 찾을 수 있었다. 은행권 카드 몇 장이 꽂혀 있었다. 카드를 두어 장 꺼내자 안쪽 깊이 들어 있는 주민등록증이 보였다.

주민등록증을 본 김 경위의 눈썹이 한쪽으로 치켜 올라갔다.

"9×년생이면 스물셋인가?"

"스물다섯입니다, 경위님."

언제 온 것인지 안경 쓴 젊은 형사가 말했다. 왈칵 인상을 찌푸리며 김 경위가 소리쳤다.

"지금 그게 중요한 게 아니잖아! 스물다섯밖에 안 된 처자가 왜 이런 곳에서 이런 꼴을 하고 있느냔 말이다!"

김 경위는 벌떡 일어나 젊은 형사의 멱살을 잡았다. 젊은 형사는 당황하는 표정 하나 없이 왼손으로 안경 가운데를 세워 올리며 말했다.

"그걸 알아내야 하는 게 저희 일인 것 같습니다만."

"그걸 누가 모르냐고."

신참 주제에 말 한 마디도 지지 않는 밉살스러운 녀석이라 말싸움을 해봐야 자신만 손해였다.

김 경위는 나직이 한숨을 내쉬며 멱살을 놓았다. 미라화된 시체를 살펴보던 과학 수사반원이 조심스레 입을 열었다.

"아무래도… 저쪽에 물어뜯긴 시체는 이 미라가 한 일 같은데요?"

"그게 무슨 소리야?"

김 경위가 놀란 눈으로 고개를 돌렸다. 과학 수사반원은 난도질당한 사내의 시신이 있는 쪽을 힐끗 쳐다보며 말을 이었다.

"분석을 해봐야 정확히 알 수 있을 것 같긴 한데, 이 미라 이빨 사이에 강제로 찢겨진 것 같은 체조직이 상당수 보입니다. 육회 같은 걸 먹을 때 이빨에 막 끼지 않습니까. 그것과 유사해 보이는군요. 제 살을 깨문 것 같지는 않은데 우연찮게도 근처에 물어뜯긴 시체가 있군요."

김 경위는 황당하다는 얼굴로 미라화된 여성의 시체와 이제 막 구급차에 싣고 있는 사내의 시신을 번갈아 바라보았다.

사내의 시신이 많이 상하긴 했지만 얼핏 봐도 체격 차이는 거의 두 배 가까이 났다.

"그러면 이 처자가 저 남자를 물어뜯어 죽였다고?"

"추측일 뿐이지만……."

과학 수사반원은 말꼬리를 흐리며 고개를 끄덕였다. 김 경위는 저도 모르게 피식 웃었다.

"무슨 공포 영화도 아니고. 말도 안 되는 소리 집어 쳐. 증거가 남아 있을지도 모르니까 현장 감식이나 철저히 하라고."

과학 수사반원의 황당무계한 말을 일축한 김 경위는 천천히 돌아섰다.

혹시라도 목격자가 있을지도 모르는 일이니 주위를 탐문해 봐야겠다는 생각을 하며 김 경위는 걸음을 옮기기 시작했다.

근래에 보기 드문 잔혹한 현장의 모습에 담배 맛이 씁쓸했다. 김 경위는 아직 절반은 남은 담배를 퉤엣, 하고 뱉어 냈다.

"타의 모범이 되어야 할 경찰이 담배꽁초를 무단투기 하시다니요. 안 될 말입니다."

어느새 다가온 젊은 형사가 바닥에 떨어진 담배꽁초를 주우며 잔소리하듯 입을 열었다.

김 경위는 인상을 찌푸린 채 젊은 형사의 말을 무시했다.

"시끄러. 탐문 수사할 테니까 그 입 좀 다물고 조용히 따라와."

주위 상가 건물을 위주로 탐문 수사를 해보았지만 목격자는커녕 사건이 일어난 줄도 모르는 사람이 대부분이었다.

그나마 한 상인이 잠결에 비명 소리를 들은 것 같다고 한 게 수확이라면 수확이었다.

김 경위는 한숨을 내쉬며 담배를 물었다. 일회용 라이터로 불을 붙이고 길게 한 모금 빨아 당긴 순간, 휴대폰이 울렸다.

서에서 온 전화였다.

"뭐야?"

과학 수사반원이라 밝힌 상대는 현장에서 발견된 두 시신의 조사 결과를 말해주었다.

이야기를 가만히 듣고 있는 김 경위의 눈이 점점 놀람으로 물들었다. 저도 모르게 입이 벌어져 물고 있던 담배가 바닥에 떨어졌다.

"무단 투기는 안 된다고 하지 않았습……!"

젊은 형사가 습관적으로 담배를 집어 들며 잔소리했다. 하지만 김 경위의 표정에 입을 다물었다.

무언가 심각한 얘기를 들은 것 같았다. 김 경위가 믿기지 않는다는 얼굴로 천천히 입을 열었다.

"그러니까 그 미라 처자가 그 남자를 물어뜯어 죽였다는 거지? 그게 말이 되는 소리냐?"

하도 어처구니가 없어서 되물어 보았지만 역시나 들려온 대답은 같았다.

―저도 믿기지 않지만 사실인 걸 어떡합니까? 아참, 그리고 현장에서 시신으로 발견된 두 사람 말고 또 한 사람의 혈흔이 발견되었습니다. 지금 국과수에 정밀 분석을 맡겨 뒀으니까 사흘 내에 결과가 나올 겁니다.

"하나가 더 있었다고?"

―예. 혈액 분석되는 대로 신원조회해 보겠습니다. 그럼 바빠서 이만.

김 경위는 상대방이 전화를 끊은 줄도 모르고 휴대폰을 귀에 가져다 댄 채 멍하니 중얼거렸다.

"그게 진짜 가능한 일이라고……?"

*　　　*　　　*

사내는 거친 숨을 몰아쉬며 빛이 닿지 않는 지하도에 몸을 웅크리고 있었다. 입고 있는 옷이 피로 물들어 있었지만 워낙에 때 타고 낡은 옷이라 티가 잘 나지 않았다.

사내는 두 손으로 무릎을 감싸 쥐고 고개를 깊이 파묻고 있었다.

"죽여… 죽여 버릴 거야. 모두 죽인다…….."

사내는 몇 번이고 계속 그 말을 되뇌고, 또 되뇌었다. 지금 당장에라도 달려나가 눈에 띠는 사람을 갈가리 찢어버리고 싶은 충동이 밀려왔지만 사내는 몸을 부르르 떨며 참았다.

사람을 죽이려는 충동보다 밝은 빛에 대한 본능적인 두려움이 더 강했다.

"죽인다…….."

마치 적을 앞에 둔 맹수처럼 사내는 으르렁거리며 해가 지고 어두운 밤이 찾아오기를 기다렸다.

해가 지기까지는 아직도 길고 긴 시간이 남아 있었다.

덜컹―!

주위가 완전히 어둑어둑 해지자 사내는 조심스레 맨홀 뚜껑을 열고 밖으로 나왔다.

애초에 자리를 잡을 때부터 가로등이 없는 곳을 선택한 터라 주위는 어두컴컴하기만 했다.

게다가 삭월(朔月)이라 밤하늘에는 달도 없고, 간간히 인공위성의 빛만이 보일 뿐이었다. 빛을 싫어하는 사내로서는 최적의 날이나 마찬가지였다.

"죽여 버릴 거야……."

나직이 중얼거리며 사내는 천천히 어둠 속으로 걸음을
옮기기 시작했다. 저 멀리 혼자서 걸음을 옮기고 있는 한
여성의 뒷모습이 눈에 들어왔다.

순간 사내의 눈빛이 번뜩였다. 동시에 사내가 여성을 향
해 몸을 날렸다. 20여 미터는 넘는 거리였음에도 사내는 한
번 도약하는 것으로 여성의 바로 뒤에 닿았다.

갑작스러운 인기척에 여성은 움찔하며 고개를 돌렸다.
동시에 사내의 손날이 여성의 목덜미를 강하게 후려쳤다.

퍽―!

갑작스러운 일격에 여성은 비명도 지르지 못하고 기절해
버렸다.

사내는 섬뜩한 미소를 지으며 여성을 들쳐 업었다. 순식
간에 사내는 그 자리에서 사라져 버렸다.

콰드득! 우적! 우적! 쩝쩝!

사내는 미친 듯이 여성의 몸을 물어뜯고, 피를 마시고,
생살을 씹었다.

조금씩 허기가 가시는 것 같았다. 차츰 살기도 가라앉기
시작했다. 흘러내리는 피가 사내에게는 세상 무엇보다 좋

은 술이었고, 씹히는 생살이 화려한 만찬이었다.

여성의 뱃속이 텅 빌 정도로 정신없이 씹어 삼키던 사내는 포만감을 느끼고 천천히 고개를 들었다. 온몸이 피투성이였다.

사내는 만족감에 씨익 입꼬리를 말아 올렸다. 최소한 사나흘 정도는 이 만족감으로 버틸 수 있을 것 같았다.

"크, 크크크……."

사내는 천천히 몸을 일으키며 싸늘한 미소를 지었다. 그리곤 더 이상 관심 없다는 듯 뱃속이 텅 빈 여성의 시체를 내버려 둔 채로 어디론가 천천히 걸음을 옮기기 시작했다.

* * *

늑대 인간 출현? 식인 연쇄살인마가 주위를 배회한다!?

꽤나 자극적인 헤드라인이었다. 정찬혁은 피식 미소를 지으며 신문을 집어 들었다.

격렬한 운동을 하면서 긴 밤을 보내는 것도 슬슬 질려 갈 무렵, 신유진이 읽을거리를 하나씩 가져오기 시작했다.

잠을 자지 못하는 자신을 위한 배려라는 것은 알고 있었지만 신유진이 가져오는 소설이나 잡지에는 별로 흥미가 생기지 않았다.

그러다가 우연히 잡지 사이에 끼워 둔, 신문을 발견했다. 일주일 동안 벌어진 사건·사고들을 종합해 자극적인 제목으로 기사화한 삼류 타블로이드 신문이었다.

사실보다는 추측성 기사들로 도배되어 있어 신뢰도는 떨어지지만, 심심풀이로 시간을 때우기에는 충분한 것이었다. 주간 신문이라 두께도 두툼한 것이 다 읽으려면 서너 시간은 훌쩍 지날 것 같았다.

정찬혁의 눈길을 끈 자극적인 제목의 기사는 신문의 중간쯤에 커다란 활자로 페이지의 1/4를 차지하고 있었다. 기사 내용도 꽤 분량이 많아 다음 페이지까지 이어져 있었다.

기사의 내용은 최근 몇 주 사이에 벌어진, 명동을 중심으로 중동 일대에서 벌어진 살인사건에 관한 것이었다.

피해자 모두 맹수에게 내장을 파먹힌 듯한 상태로 발견되었고, 시체에 남아 있는 이빨 자국을 통해 인간이 저지른 범행이라는 것이 밝혀졌다.

희생자는 보름 동안 벌써 다섯 명, 시체가 발견된 곳은 사람들이 거의 지나지 않는 어두운 골목이나, 쓰레기 더미였다.

경찰의 발표로는 사망 추정 시각은 새벽 1시에서 4시 사이라는 공통점이 있었다.

범인으로 보이는 혈흔이나 세포조직이 현장에서 발견되기는 했지만 DNA분석 결과, 기이하게 변형된 A형 혈액을 지닌 남성이라는 것만이 밝혀졌을 뿐이었다.

맹수처럼 시체를 이빨로 뜯어먹은 흔적이 남아 있는 터라 경찰에서는 '늑대인간 연쇄살인사건' 이라고 명명하고 수사를 진행하고 있었다. 하지만 용의자를 특정 짓지 못하고 사건은 미궁에 빠져 있는 상태였다.

추측과 사실을 교묘하게 섞어서 작성된 기사라 마치 소설을 읽는 것 같은 기분이었다.

하지만 기사 중간중간에 실려 있는 현장 사진 몇 장이 현실감을 전해 주고 있었다. 그 뒤에도 다른 자극적인 제목의 기사들이 많이 있었지만 정찬혁의 눈길을 끄는 것은 이 기사뿐이었다.

눈길만 끈 것이 아니라 처음 현장 사진을 보았을 때에는 이상하게도 심장이 한차례 뛰었다. 맨 처음 한 번뿐, 다음에는 그런 현상이 없었지만 마음에 걸렸다.

어쩌면 자신이 하는 일과 관련이 있을지도 모른다는 생각에 정찬혁은 기사 내용을 거의 달달 외울 정도로 몇 번이고 반복해서 읽었다.

"그러니까 이 기사를 읽었을 때 작지만 반응이 있었단 말이죠? 처음 한 번뿐이긴 하지만."

신유진의 질문에 정찬혁은 가만히 고개를 끄덕였다. 고개를 갸우뚱거리며 잠시 생각하던 신유진은 벌떡 일어나며 말을 이었다.

"여기서 이러지 말고 현장에 직접 가보는 건 어때요? 시간이 좀 지난 곳은 몰라도 최근에 사건이 있었던 곳이라면 흔적이 남아 있을 거예요."

"그렇군."

어차피 제약 때문에 혼자서는 움직일 수 없는 터라 정찬혁은 고개를 끄덕이며 몸을 일으켰다.

이틀 전 마지막 사건이 벌어진 현장은 명동 인근이었다. 베아투스가 있는 가회동과는 거리가 조금 있는 편이었지만 차를 타고 가기에는 애매했다.

이내 걸어가기로 결정한 두 사람은 사건 현장을 향해 빠른 속도로 걸음을 옮기기 시작했다.

기사에는 정확한 위치가 쓰여 있지는 않았지만 현장 사진이나 함께 실려 있는 사건 현장의 약도로 대충 알 수 있었다.

현장까지는 빠른 걸음으로 40분 정도면 충분히 도착할 수 있었다.

                    *   *   *

　김만섭 경위는 담배 연기를 길게 내뿜으며 폴리스 라인이 쳐져 있는 현장을 바라보았다.

　사건이 벌어진 지 고작해야 이틀밖에 지나지 않은 터라 핏자국이 흥건하게 남아 있었다. 보름 사이에 벌써 다섯 번째였다.

　처음에는 연쇄살인이 될 거라고 생각지도 못했었다. 그도 그럴 것이 첫 사건의 범인은 바로 미라화된 젊은 여성, 권인혜이지 않던가.

　국과수 부검 결과 권인혜의 위장에서 피해자인 구영식의 체조직이 소화되지 않은 채 남아 있는 것이 발견되었다.

　게다가 구영식의 시신에 남겨져 있는 이빨자국이 권인혜의 치열과 일치했다. 빼도 박도 못하는 명백한 증거였다.

　현장에서 발견된 정체를 알 수 없는 한 사람의 혈흔은 사건 당시가 아니라 그전에 남겨진 것이라고 판단되었다.

　그걸로 사건은 종결되어야 했다. 하지만 첫 사건이 발생한 지 채 사흘도 지나지 않아 두 번째 사건이 벌어졌다.

　첫 사건의 피해자인 구영식과 똑같은 형태의 시신이 발견되었다. 범인은 현장을 막 떠난 듯 바닥을 적신 피가 아직 허연 김을 뿜어낼 때 목격자에게 발견되었다.

사건을 종결하려던 수사팀은 혼란에 빠졌다. 첫 사건의 범인이 이미 죽어버린 마당에 똑같은 형태로 살해당한 시신이 발견되다니.

첫 사건이 보도될 때에 시신의 상태에 대한 것은 절대 발표하지 않았었다. 그저 잘 아는 기자에게 지나가듯 슬쩍 언질 한 것뿐이었다.

농담하듯 한 얘기라 기자도 그리 심각하게 생각하지 않았었다. 물론 기사화되지도 않았었다.

같은 생각을 하는 미친놈이 또 하나 있다는 생각을 하며 김 경위는 사건 수사를 시작했다.

그런데 나흘 후에 세 번째 시신이 역시나 똑같은 꼴로 발견되었다. 안 그래도 두 번째 사건으로 혼란에 빠진 수사팀은 더욱 혼란스러워했다.

부검결과는 두 번째와 세 번째 사건이 동일범의 소행이라는 것을 알려주었다. 가장 놀라운 것은 첫 번째 사건에서 발견된 혈흔, 즉 제3의 인물이 그 범인이라는 것이었다.

때문에 수사팀은 첫 사건의 범인, 권인혜의 주위를 우선적으로 뒤졌다. 두 번째와 세 번째 사건을 일으킨 범인이 첫 사건의 현장에 있었으니 당연히 주변 인물일 거라고 생각한 탓이었다.

하지만 권인혜의 주변 인물 중에 수상한 자는 아무도 없었다. 결국 사건 개요를 언론에 발표하고 공개수사로 전환하는 수밖에 없었다.

언론은 경찰의 무능을 비난하며 자극적인 가십 기사를 마구 쏟아냈다.

용의자를 특정하지도 못하고 시간을 보내는 사이, 두 번의 사건이 더 일어났다.

"젠장! 대체 어떤 미친놈이 이런 짓을 벌이는 거야?"

김 경위는 머리를 벅벅 긁으며 어느새 반으로 줄어든 담뱃재를 털었다.

지금껏 20년이 넘는 세월을 현장에서 보낸 김 경위였지만 이번 사건은 도무지 갈피가 잡히지 않았다.

"어때요, 찬혁 씨? 확실한 것 같죠?"

"그렇군."

문득 등 뒤에서 두 사람의 음성이 들려왔다. 고개를 돌리자 남녀 한 쌍이 폴리스 라인이 쳐져 있는 현장을 바라보고 있었다.

"딴 데도 가볼래요?"

"혹시 모르니 모두 확인해 보는 게 좋을 것 같다."

이상한 커플이었다. 아니, 아무리 좋게 봐줘도 연인처럼 보이지는 않았다.

의미를 알 수 없는 대화를 몇 마디 하더니 두 사람은 그대로 돌아서서 어딘가로 사라져 버렸다.

고개를 갸웃하며 멀어져가는 두 사람의 뒷모습을 바라보던 김 경위는 이내 길게 담배 연기를 뿜어내며 중얼거렸다.

"다른 현장에도 잠깐 들러 볼 까나?"

정찬혁은 첫 피해자가 발생한 현장을 가만히 바라보았다

현장 주위에 쳐져 있던 폴리스 라인은 이미 끊어져 어디론가 사라졌고, 바닥에는 다 지워져 가는 피해자의 윤곽이 그려져 있었다.

"이상하군."

"그렇죠? 저만 그렇게 느낀 건 아니죠?"

정찬혁의 나직한 중얼거림을 들은 신유진이 몇 번이나 확인하듯 물었다.

정찬혁은 가만히 고개를 끄덕였다. 확실히 다른 네 곳과는 무언가가 달랐다.

분명 악마의 기운이 머문 흔적은 희미하게나마 남아 있었다. 이전에 들렀던 네 곳에 남아 있는 것은 모두 동일한 기운이었다.

하지만 이 현장의 기운은 미묘하게 다른 것 느낌이었다. 얼핏 보기에는 같은 것이었지만 뭐랄까, 다른 현장과는 달리 조금은 여성적인 느낌이 들었다.

"이상하군. 같은 기운이 남긴 흔적이 분명한데 느낌이 미묘하게 다르니……."

"그러니까요. 이상한 일이네요."

한유진이 맞장구를 쳤다. 악마의 기운이라고 해서 모두 똑같은 느낌을 주지는 않았다.

그 근원은 같은 것이었지만 숙주의 영향으로 각각 뚜렷한 특징을 지니게 된다.

조병우를 숙주로 삼았던 기운과 이 과장을 숙주로 삼았던 기운은 아예 판이하게 다른 기운이라고 느낄 수 있을 정도였다.

사건이 벌어진 현장 다섯 곳에 희미하게 남아 있는 기운의 흔적은 분명 같은 것이었다.

그런데도 이 미묘하게 어긋난 느낌은 대체 무어란 말인가. 묵묵히 현장을 바라보던 정찬혁은 천천히 돌아서며 중얼거렸다.

"아무래도 이곳에서 벌어진 사건은 좀 더 자세히 알아볼 필요가 있겠군."

"저도 그렇게 생각해요. 숙주를 찾아 악마의 기운을 회수하는 것도 중요하지만, 지난번처럼 미처 알지 못했던 중요한 사실을 알아낼 수도 있는 일이니까요. 그건 저한테 맡겨 줘요. 예전부터 알고 지내던 기자님이 한 분 계시거든요.

그쪽 소식통으로 알려진 분이라 자세한 사건 개요를 알아낼 수 있을 거예요."

정찬혁은 가만히 고개를 끄덕이며 돌아서서 걸음을 옮기기 시작했다.

신유진은 그 뒤를 따르며 어딘가로 전화를 걸었다.

"여보세요, 오 기자님? 저 신유진이예요. 네. 부탁드릴 일이 하나 있어서요."

김 경위는 첫 사건 현장으로 향했다. 5분 정도 거리였다.

천천히 걸음을 옮기며 김 경위는 새 담배를 물었다. 불을 붙이려고 재킷 안주머니에 손을 넣었다. 어디에 둔 것인지 라이터가 나오지 않았다.

주머니를 전부 뒤져 보았지만 라이터는 아무데도 없었다. 혀를 차며 김 경위는 물고 있던 담배를 다시 담배케이스에 넣었다.

"네. 꼭 좀 부탁드릴게요. 왜 그런 자료가 필요하냐고요? 에이, 제가 원래 그런데 관심 많은 거 오 기자님도 잘 아시잖아요. 네네. 빠르면 빠를수록 좋죠. 네. 그럼 조만간에 제가 크게 한 턱 쏠게요. 기대하세요."

현장이 있는 골목 어귀에서 무뚝뚝한 인상의 한 사내와 누군가와 통화를 하고 있는 여성이 걸어 나왔다.

김 경위의 눈이 커졌다. 한 시간 정도 전에 다섯 번째 사건이 벌어진 현장에서 본 커플이었다.

아까는 그러려니 하고 별 생각 없이 지나쳤는데. 이곳에서 또 부딪칠 줄은 생각지도 못한 일이었다.

게다가 여성이 통화하고 있는 상대는 기자였다. 사건 현장 근처에서 두 번이나 마주친 데다 기자에게 무언가 자료를 부탁하는 것까지.

오랜 세월 동안 쌓아온 형사로서의 직감이 수상하다고 소리치는 것 같았다. 두 사람은 어느새 자신을 스쳐 지나쳤다. 김 경위는 저도 모르게 버럭 소리쳤다.

"자, 잠깐!"

"왜 그러시죠?"

막 통화를 끝낸 여성이 고개를 갸웃하며 물었다. 순간, 아차 싶었지만 이미 저지른 일이었다.

김 경위는 두 사람을 번갈아 바라보며 물었다.

"당신들, 대체 정체가 뭐요?"

"네? 그게 무슨 말씀이세요? 정체라뇨?"

"아까도 사건 현장에서 알짱거리더니만 여긴 또 왜 온 거요? 게다가 오 기잔가 뭔가 하는 사람한테 무슨 자료를 달라고 한 거요?"

긴 머리칼의 여성, 신유진은 살짝 미간을 찌푸렸다.

"개인적인 일을 아저씨가 알아서 뭐하게요?"

김 경위는 나직이 한숨을 내쉬며 품속에서 경찰 신분증을 꺼내 신유진에게 내밀었다.

"사건 수사 중인 경찰이오. 혹 수사에 도움이 될지도 모르니 대답해 주지 않겠소?"

상대가 경찰인 것을 알고 순간 움찔한 신유진이었지만 이내 고개를 내저었다.

"굳이 말할 필요는 없을 것 같은데요? 그럼 이만."

신유진은 그대로 돌아섰다. 김 경사는 급히 신유진을 멈춰 세우려고 손을 뻗었다.

순간 무뚝뚝한 얼굴의 사내, 정찬혁이 김 경사의 손목을 잡았다.

"그만하지."

정찬혁의 낮은 음성이 귓가에 흘러들었다. 김 경위는 움찔하며 정찬혁에게 고개를 돌렸다.

눈이 마주치자 서늘한 한기가 느껴져 어깨를 흠칫 떨었다. 싸늘한 눈빛에 절로 몸이 굳었다.

"뭐해요? 빨리 가요."

가만히 김 경위를 쏘아보던 정찬혁은 잡은 손목을 놓고 천천히 신유진의 뒤를 따라 걸음을 옮기기 시작했다.

두 사람의 모습이 저 멀리 사라진 후에야 김 경위는 크게 숨을 몰아쉬며 굳은 몸을 움직일 수 있었다. 정찬혁에게 잡힌 손목이 빨갛게 손자국이 났다.

"저, 저 사람들… 대체 뭐지?"

답을 알 수 없는 질문이 조용히 흘러나왔다.

*   *   *

신유진은 코끝에 안경을 걸친 채 오 기자가 보낸 메일의 첨부파일을 클릭했다.

컬러 사진이었다면 비위가 상해 곧바로 토해 버렸을지도 모를 정도로 참혹한 시체 사진 몇 개와 자세한 사건 현장 기록이 눈앞에 펼쳐졌다.

신유진은 한 글자도 놓칠 새라 눈빛을 발하며 천천히 기록을 읽어 내렸다.

우웅—!

화면에 집중하고 있는 신유진의 귓가에 휴대폰 진동음이 들려왔다. 그대로 손을 뻗어 휴대폰을 집어든 신유진은 발신자를 확인도 하지 않고 전화를 받았다.

"여보세요? 아, 네, 오 기자님. 지금 받았어요. 네, 신문 기사들보다 훨씬 자세하네요. 네. 충분히 도움이 될 것 같아요. 에이. 저 못 믿으세요? 유출 같은 건 절대 안 한다니까요. 네. 그럼 다음에 꼭 한턱낼게요."

대충 건성으로 전화를 받으며 신유진은 천천히 마우스 스크롤을 내렸다.

방송이나 신문에서 떠들어대는 것들보다 훨씬 자세하고 정확한 기록이었다.

첫 번째 사건에 대한 기록만 서너 번 읽어보던 신유진은 퍼뜩 한 가지 가능성을 떠올릴 수 있었다.

전이(轉移).

악마의 기운이 한 사람의 숙주에게 머물지 않고 다른 숙주에게로 옮겨 갔을 수도 있을 거라는 생각이 들었다. 확실하지는 않았지만 정황이 그랬다.

첫 번째 사건의 범인은 현장에서 미라화되어 발견된 여성으로 확정 지었다고 하지 않은가.

자신과 정찬혁이 느낀 미묘한 차이는 아마도 첫 숙주인 여성에서 다른 남성에게로 악마의 기운이 전이된 탓일 것이다.

기운이 전이되는 조건을 알 수는 없었지만 그렇게밖에 생각할 수 없었다.

숙주였던 여성이 미라화된 것은 악마의 기운이 생명력을 고갈시킨 탓이리라.

몇 번이고 다른 가능성이 없나 검토해 보았지만 전이밖

에는 사건을 설명할 방법이 없었다.

문제는 전이의 조건이었다. 악마의 기운이 제 맘대로 숙주를 옮겨 갈 수 있다면 곤란한 상황이 벌어질지도 몰랐다.

이블 불릿에 맞기 전에 근처에 있는 다른 사람에게 전이될 수도 있는 일이었으니.

확실한 전이의 조건을 알아내지 못하는 한, 그것은 앞으로도 계속 불안 요소로 작용하게 될 것이다. 신유진은 길게 한숨을 내쉬며 불평하듯 중얼거렸다.

"뭐가 이렇게 변수가 많은 거야? 까다로운 것들 같으니라고."

"숙주를 옮겼을 가능성이 있다고?"

신유진은 프린트해 온 자료를 정찬혁에게 건네며 고개를 끄덕였다.

"네. 증거라고는 정황뿐이지만 그것밖에는 설명할 수 있는 게 없어요."

정찬혁은 한참 동안 말없이 자료를 꼼꼼히 살폈다. 이내 자신도 신유진과 같은 결론을 내릴 수밖에 없었다.

"전이 조건은?"

"저도 모르겠어요."

신유진은 고개를 절레절레 흔들었다. 정찬혁의 낯빛이

어두워졌다.

"알아낼 방법은 없나? 강한 물리력을 사용하는 것은 몸으로 버틸 수 있지만 전이는 어떻게 할 방법이 없다. 이블불릿을 맞는 순간, 전이해 버리면 모든 게 끝장이니."

정찬혁도 역시나 신유진이 생각했던 것과 같은 불안요소를 언급했다.

신유진은 한숨을 내쉬며 천천히 입을 열었다.

"그 정도는 저도 알아요. 하지만 지금으로선 전이 조건을 알아낼 방법이 없어요. 저도 최대한 연구해 볼 테니까, 당신은 숙주를 상대할 때 최대한 주위에 아무도 없는 곳으로 유인해요. 현재로선 그것밖에 방법이 없네요."

"아무도 없는 곳으로 유인하라……. 말로는 참 쉬운 일이로군."

"죄송해요."

면목 없다는 듯 신유진은 고개를 푹 숙였다. 정찬혁은 별일 아니라는 듯 무심한 얼굴로 말했다.

"최대한 노력해 보지. 실패한다 해도 이미 죽은 목숨이니, 원래대로 되돌아가는 것뿐이지."

말은 그렇게 하면서도 정찬혁은 그렇게 허무하게 다시 죽을 생각은 눈곱만큼도 없었다.

신유진은 고개를 숙인 채 힘없이 중얼거렸다.

"이번에는 저도 같이 숙주를 찾으러 다닐게요. 직접 보면 조건을 알아 낼 수 있을지도 모르니까요."

이전에는 그저 운전기사 노릇만 하던 신유진이었다. 하지만 이번에는 상황이 달라졌으니 적극적으로 나서야만 했다. 위험한 일이기는 했지만 어쩔 수 없는 일이었다.

정찬혁의 말이 조용히 귓가로 날아들었다.

"숙주가 나타날 가능성이 높은 지역은?"

정찬혁의 질문에 신유진은 미리 준비한 명동을 비롯한 중구 전역이 그려진 지도를 펼쳤다.

지도에는 사건이 있었던 장소에 붉은색 사인펜으로 ×자가 표시되어 있었다.

신유진은 사인펜을 들고 ×자 표시를 한 선으로 이었다. 명동을 중심으로 한, 한쪽 구석이 움푹 들어간 원이 생겨났다.

"지금까지 모든 사건은 명동 부근에서 벌어졌어요. 그것도 사람들이 잘 다니지 않는 허름하고 어두운 골목에서 말이죠. 여기 움푹 들어간 위치는 사람들이 많이 다니는 길목으로 이어진 곳이라 그런 거구요. 이 범위를 넘지 않는다는 전제조건 하에서 다음에 숙주가 나타날 만한 곳은 바로……."

신유진은 현장을 연결한 원 안에 있는 구역 세 곳에 파란색으로 ×자 표시를 하며 말을 이었다.

"여기. 이 세 곳이에요. 지금까지 사건이 있었던 곳과 입지 조건이 거의 일치하는 곳이죠. 걸어서 10분 정도 간격이니까 왔다 갔다 하면서 지켜보면 될 거예요. 숙주가 범위를 벗어날 가능성도 있긴 하지만, 그러면 운에 맡기는 수밖에 없어요."

"선택의 여지가 없다는 건가."

신유진은 가만히 고개를 끄덕였다. 정찬혁은 나직이 한숨을 내쉬며 천천히 몸을 일으켰다.

"지금 당장 가보는 게 좋겠군. 지금까지 사건이 일어난 주기로 보아 오늘이나 내일 중으로 숙주가 나타날 테니."

정찬혁은 준비실 아래의 지하로 내려가 권총과 핸드나이프를 챙겼다. 밖으로 나오자 신유진이 긴장한 얼굴로 말했다.

"같이 가요."

대답 대신 고개를 끄덕인 정찬혁은 천천히 걸음을 옮기기 시작했다. 그 뒤를 신유진이 조용히 따랐다.

*　　　*　　　*

배가 고팠다. 사내는 극심한 허기를 느끼고 천천히 몸을 일으켰다.

며칠 만에 눈을 뜬 것인지는 기억도 나지 않았다. 그저 배고픔을 채울 먹잇감을 찾아야만 한다는 생각만이 머릿속에 가득했다.

처음에는 자신을 멸시하고 외면한 모든 사람을 다 죽여버리겠다고 결심했다.

하지만 시간이 지날수록 살인의 목적이 바뀌었다. 사람을 복수의 대상이 아닌 단순한 먹잇감으로 생각하게 되었다.

지금 사내는 그저 허기를 달래기 위해 인간을 먹잇감으로 삼는 포식자였다.

"배고파······."

사내는 나직이 중얼거리며 걸음을 옮기기 시작했다. 밤하늘에는 둥근 보름달이 떠 있었다.

언제부턴가 밝은 빛을 피해 다니던 사내였지만 이상하게도 보름달의 빛은 기분을 들뜨게 만들어 주었다. 핏발이 선 사내의 눈은 붉다 못해 검게 변해 있었다.

사내는 먹잇감을 찾아 굶주린 맹수의 눈빛으로 주위를 둘러보았다.

워낙에 구석진 골목인데다 새벽 2시가 넘은 터라 주위는 사람은커녕 개미 한 마리 지나다니지 않았다.

사내는 술에 취한 듯 비틀거리며 사람이 있을 만한 곳으로 걸음을 옮겨 갔다.

새벽 시간이라 24시간 영업하는 대형 프랜차이즈 카페를 빼고는 상점가는 불이 다 꺼져 있었다.

사내는 빛이 닿지 않게 건물 그림자 속을 오가며 먹잇감을 물색했다.

막 카페에서 나오는 커플이 눈에 들어왔다. 사내는 거리를 두고 천천히 커플의 뒤를 쫓았다.

간간히 차가 지나다니는 도로 가로 나온 커플은 택시를 잡았다.

"금방 다른 차 오니까 오빠가 먼저 들어가."

"아냐. 윤아, 네가 먼저 들어가."

"난 괜찮으니까 빨리 타."

20대 중반쯤으로 보이는 여성이 남자친구를 거의 반 강제로 택시에 밀어 넣었다. 윤아라 불린 여성이 택시 문을 닫으며 소리쳤다.

"아저씨, 봉천동이요!"

택시가 이내 출발했다. 남자친구가 창밖으로 고개를 내밀며 소리쳤다.

"집에 도착하면 바로 연락해! 알았지?"

"알았어, 오빠. 조심히 들어가!"

택시가 보이지 않을 때까지 손을 흔들던 여성은 다른 택시가 오지 않나 도로를 좌우로 살폈다. 생각과는 달리 택시는 좀처럼 오지 않았다.

10여 미터 떨어진 곳에서 그 모습을 지켜보고 있던 사내는 씨익 미소를 지으며 몸을 날렸다.

순식간에 여성을 기절시키고 둘러멘 사내는 곧장 이전에 봐둔 한적한 골목으로 달려갔다.

생각대로 골목은 어둡고, 습하고, 조용했다. 사내는 여성을 바닥에 내려놓았다.

옷을 벗기자 부드러운 속살이 드러났다. 군침이 입안을 가득 메웠다.

사내는 침을 삼키며 천천히 입을 벌렸다. 날카로운 송곳니가 여성의 목덜미에 닿았다. 그리고.

우득! 콰드득! 쩝쩝!

달콤한 핏물이 식도를 타고 위장으로 흘러들었다. 메마른 갈증이 단번에 가셨다. 살을 씹어 넘기자 허기가 차츰 가셨다. 사내는 허겁지겁 허기를 채워갔다.

채 5분도 지나기 전에 식사를 끝낸 사내는 천천히 몸을 일으켰다.

목덜미부터 하복부까지 텅 빈 시체를 내려다보며 사내는 히죽 미소를 지었다. 어느 정도 허기가 가셨지만 왠지 모르게 조금 아쉬웠다.

"헉! 사, 살인……!"

순간 등 뒤에서 사내의 놀란 음성이 들려왔다. 고개를 돌리자 30대 후반쯤으로 보이는 정장을 입은 사내가 찢어져라 눈을 크게 치켜뜨고 자신과 여성의 시체를 바라보고 있었다.

술에 취한 듯 얼굴이 붉게 달아오른 정장 사내는 슬금슬금 뒤로 물러나며 소리치려 했다.

사내는 곧장 정장 사내에게 달려들어 목덜미의 경정맥을 콱, 깨물었다.

"컥! 끄, 끄르륵!"

짧은 신음이 터져 나왔다. 하지만 이내 피거품을 뿜어내는 소리로 바뀌었다.

경정맥과 함께 성대를 쥐어뜯은 모양이었다. 사내는 그대로 정장 사내를 쓰러뜨렸다.

그리곤 조금의 망설임도 없이 조금 아쉽게 느껴진 뱃속을 가득 채우기 시작했다.

우드득! 콰득!

김 경위는 아직은 어둠이 가시지 않은 이른 새벽의 명동 거리를 걷고 있었다.

언제 또 사건이 터질지 모르는 일이라 순찰 병력을 늘리긴 했지만 혹시나 하는 마음에 거리에 나온 것이었다.

"충성! 수고하십니다, 김 경위님."

순찰을 돌던 지구대 경찰이 경례를 올려붙였다. 피식 미소를 지으며 김 경위는 질문을 던졌다.

"별 이상은 없나?"

"아무 이상 없습니다!"

"그럼 계속 수고하게."

김 경위는 가볍게 어깨를 두드려 격려해 주고는 다른 방향으로 발길을 돌렸다.

언제부턴가 밤안개가 끼어 시야를 어지럽혔다. 김 경위는 손전등을 꺼내 들고 어두운 골목에 비췄다.

순간 바닥에 깔린 밤안개 사이에서 무언가가 희끗 보였다. 김 경위는 손전등을 비추며 천천히 다가갔다.

철벅!

바닥에 물이라도 고여 있었던 듯 무언가가 튀었다. 김 경위는 무의식적으로 손에 묻은 액체를 닦아내려고 했다.

순간 김 경위의 눈이 커졌다. 바닥에 누워 있는 참혹한 시체가 피어오르는 밤안개 사이로 모습을 드러낸 탓이었다. 바닥에 고인 것은 물이 아니라 피 웅덩이였다.

김 경위는 굳은 얼굴로 시체에 다가가 한쪽 무릎을 꿇고 손을 뻗었다.

아직 체온이 완전히 식지 않았다. 벌떡 일어난 김 경위는 다급히 주위를 둘러보았다.

김 경위의 눈이 다시 한 번 놀람으로 물들었다. 채 5미터도 되지 않는 거리에 또 다른 시체가 있었다.

역시나 체온이 아직 식지 않은 채였다. 김 경위는 까득이를 악물고 허리춤의 권총을 뽑아 들었다.

손전등을 든 손등에 권총을 든 손을 받치고 김 경위는 천천히 주위를 살폈다. 안개 낀 어둠을 손전등의 빛이 몰아냈다.

침을 꿀꺽 삼키며 김 경위는 날카로운 눈빛을 뿜어냈다. 손전등이 한쪽 구석을 비춘 순간.

스사삭—!

무언가 빠른 속도로 움직이는 소리가 귓가에 들려왔다. 손전등의 빛이 소리를 따라 움직였다.

짧은 순간, 빠른 속도로 움직이는 인영이 눈에 들어왔다.

김 경위는 버럭 소리쳤다.

"꼼짝 마! 움직이면 쏜다!"

하지만 이미 인영은 어둠 속으로 달려든 후였다. 김 경위는 인영이 사라진 쪽으로 달려가며 저도 모르게 방아쇠를 당겼다.

탕! 타앙—!

어두운 밤하늘을 커다란 총성이 어지럽혔다. 김 경위는 인영이 사라진 방향으로 전력을 다해 달렸다.

하지만 어디에도 인영의 모습은 보이지 않았다. 인간의

속도가 아니었다.

살집이 좀 있기는 하지만 웬만한 젊은이들보다 달리기는 훨씬 빠른 김 경위였다. 분명 인영이 움직이자마자 곧장 그 뒤를 쫓았다.

하지만 거리는 순식간에 벌어지고 인영은 흔적도 없이 사라져 버렸다.

"헉, 헉!"

김 경위는 거친 숨을 몰아쉬며 그 자리에 멈춰 섰다. 입 가에 단내가 날 지경으로 뛰었는데도 완전히 놓쳐 버렸다.

숨이 턱 끝까지 차올랐다. 커다란 총성을 듣고 달려오던 경찰들이 김 경위를 발견하고 다가왔다.

"무슨 일입니까, 김 경위님!"

"방금 난 소리, 총성 맞죠?"

김 경위는 경찰들의 질문에 당장 대답하지 못했다. 한참 호흡을 고른 김 경위는 빠른 속도로 말을 쏟아냈다.

"저쪽 방향으로 한 300미터쯤 가면 시체가 두 구 있을 테 니, 자네들 셋은 지금 당장 가서 아무도 접근 못하도록 현장을 지켜! 그리고 당장 서에 전 병력 지원 요청해서 반경 5㎞ 내를 봉쇄하라고 전하게! 자네들, 둘은 날 따라와!"

"예!"

김 경위는 대답을 듣는 둥 마는 둥하며 다시 인영이 사라진 방향으로 달려갔다. 그 뒤를 경찰 두 사람이 바짝 뒤쫓아 왔다.

"김 경위님! 지금 어딜 가시는 겁니까?"

"범인이 아직 이 근방에 있어! 굉장히 빠른 놈이긴 하지만 멀리 달아나지는 못했을 거야!"

"그게 정말입니까?"

"잡담할 시간 없다. 넌 저쪽, 넌 저쪽! 난 이쪽으로 간다!"

세 갈래 길을 마주한 김 경위는 가운데 길로 달려갔다. 남은 두 경찰은 이내 각자 지시 받은 길로 향했다.

애애앵—!

커다란 사이렌 소리가 깊이 잠든 명동을 깨웠다.

24시간 카페에서 밤을 보내고 있던 사람들은 무슨 일인가 싶어 창밖을 내다보았다.

수많은 경찰이 골목 어귀마다 진을 치고 있었다. 명동대로 입구에 서 있는 경찰차만도 수십 대였다.

"이봐, 김 경위! 범인을 봤다는 게 사실인가?"

형사과장인 고상준 경정이 온몸이 땀으로 흠뻑 젖은 김 경위에게 다가와 질문을 던졌다.

김 경위는 크게 숨을 몰아쉬며 고개를 끄덕였다.

"예. 현장에서 막 달아나는 걸 봤습니다. 곧장 뒤쫓아 갔지만 잡을 수가 없더군요."

"총까지 쐈다고 들었네만."

"공포 한 발, 실탄 한 발. 위협사격이었습니다. 뭐, 그 빌어먹을 놈은 아무 동요 없이 그대로 달아났습니다. 표범 같은 짐승인 줄 알았습니다. 사람이 낼 수 있는 속도가 아니었어요."

"너무 걱정 말게. 자네 말대로 반경 5km 내를 완전히 봉쇄하고 검문을 철저히 하고 있으니까. 조금이라고 거동이 수상한 자라면 바로 연행하라고 일러뒀어."

"잡을 수 있겠죠?"

"잡아야지. 무조건 잡아야지."

고상준의 말에 김 경위는 연신 고개를 끄덕였다. 그동안 그림자조차 잡지 못했던 범인과 맞닥뜨린 이번 기회를 놓친다면, 평생을 후회할 것 같았다.

지칠 대로 지친 김 경위였지만 이렇게 쉬고 있을 틈이 없었다.

김 경위는 벌떡 일어나 현장으로 달려갔다.

'무조건 잡는다!'

"아무래도 또 일이 터진 모양이네요."

주위를 바쁘게 오가는 경찰들을 바라보며 신유진이 입을

열었다.

정찬혁은 가만히 고개를 끄덕였다. 두 사람은 신유진이 예상한 포인트 세 곳 중 하나를 둘러보고 다른 곳으로 이동하던 중이었다.

길목을 지키고 있는 경찰들의 긴장한 모습을 보아하니 아마도 두 사람이 가려던 곳에서 사건이 터진 것 같았다.

"이 근처에 숨어 있을지도 모르니까, 철저히 수색하라고!"

누군가의 날카로운 외침이 들려왔다. 조금 떨어진 곳에서 얼굴을 붉힌 채 경찰들에게 명령을 내리고 있었다.

거리 때문에 실루엣만 보일 뿐이었지만 어디선가 본 듯 익숙한 모습이었다.

"아……! 아까 낮에 그 형사! 또 마주치면 귀찮아질 거 같은데."

낮에 있었던 일을 떠올린 신유진이 나직이 중얼거렸다. 그 자리에 가만히 선 채 주위를 둘러보던 정찬혁이 갑자기 다른 방향으로 돌아섰다.

"이쪽이다."

"네?"

신유진이 고개를 갸웃했지만 정찬혁은 말없이 빠른 속도로 걸음을 옮기기 시작했다.

당황한 신유진이 버럭 소리치며 그 뒤를 따랐다.

"가, 같이 가요!"

사내는 어둠 속에서 거친 숨을 몰아쉬고 있었다. 누군가 자신의 뒤를 쫓아오는 바람에 정신없이 달아나야 했다.

허기진 뱃속을 가득 채운 포만감을 채 느낄 새도 없었다. 잡히면 안 된다는 위기감이 저절로 발걸음을 움직이게 만들었다.

추적자를 습격해 먹어 치운다는 생각은 전혀 하지 못했다. 이미 아무런 아쉬움 없이 배를 가득 채운 마당이었으니.

사내는 주위에 아무도 없다는 것을 확인한 후에 조심스레 맨홀 뚜껑을 열고 안으로 들어갔다.

5미터 정도 내려가자 넓은 지하수로가 나왔다. 그제야 안도의 한숨을 내쉬며 그 자리에 풀썩 주저앉았다.

사내는 언제나처럼 양손으로 무릎을 감싸 쥐고 그 사이로 고개를 깊이 묻었다.

"이런 곳에 숨어 있었나?"

순간 누군가의 음성이 귓가로 날아들었다. 사내는 감은 눈을 번쩍 뜨고 천천히 몸을 일으켰다.

조금 떨어진 곳에서 낯선 사내와 한 여성이 자신을 바라보고 있었다.

낯선 사내와 눈이 마주친 순간, 저도 모르게 살기가 치밀었다. 이미 뱃속을 가득 채운 후였음에도 눈앞의 사내를 물어뜯고 갈가리 찢어발기고 싶은 충동이 강하게 밀려왔다.

"크아악―! 죽인다!"

사내는 괴성을 토해내며 눈앞의 낯선 사내를 향해 달려들었다.

정찬혁은 맹렬한 기세로 달려드는 노숙자 사내를 가만히 바라보았다.

인상은 많이 달라져 있었지만 어디선가 본 듯한 기분이 들었다. 이내 정찬혁은 노숙자 사내에 대한 기억을 떠올릴 수 있었다.

연쇄살인 사건이 시작되기 전 신유진과 함께 명동에 왔을 때였다.

그때 술에 취해 커터 칼을 들고 난동을 부리던 노숙자의 모습이 정확하게 눈앞의 사내와 일치했다.

흉흉한 기세가 서린 눈빛과 창백한 낯빛 때문에 얼핏 보면 다른 사람이라고 착각할 수도 있었지만 분명 그 노숙자였다.

'다시 만날 것 같은 예감이 들긴 했지만.'

이런 형태일 줄은 꿈에도 몰랐다. 대수롭지 않게 생각하며 그냥 흘려 넘긴 일이었으니.

정찬혁은 씁쓸한 미소를 지으며 달려드는 노숙자 사내를 향해 주먹을 휘둘렀다.

노숙자 사내는 마치 고양이처럼 유연한 몸놀림으로 정찬혁의 주먹을 피해 뒤로 물러났다.

정찬혁은 품속에서 핸드나이프를 꺼내들었다. 저렇게 몸놀림이 빠른 자는 움직이지 못하도록 제압한 후에 이블 불릿을 사용해야 했다.

섣불리 총을 쐈다가 엉뚱한 곳에 맞기라도 한다면 곤란해지는 것은 자신이었다.

칭—

손잡이에 달린 버튼을 누르자 칼날이 펼쳐졌다.

정찬혁은 가만히 노숙자 사내를 노려보며 핸드나이프를 들어올렸다.

정찬혁의 몸에서 뿜어져 나오는 기운을 느낀 것인지 노숙자 사내도 경계심 가득한 눈빛으로 정찬혁을 노려보았다.

감당할 수 없을 정도로 격렬한 증오의 감정이 느껴졌다. 어느 누구를 대상으로 한 것이 아니라 살아 있는 모든 것에 대한 증오였다.

신유진은 저도 모르게 어깨를 감싸 쥐며 부르르 몸을 떨었다. 이렇게까지 극단적인 감정은 처음 느껴보는 것이었다. 두려움이 생기는 것도 당연했다.

악마의 기운이 전이된 이유를 알 것만 같았다. 강한 증오의 감정에 악마의 기운이 자석처럼 이끌린 것이리라.

신유진은 더 이상 그 자리에 있지 못하고 천천히 뒤로 물러났다. 힘이 없는 자신이 지금 할 수 있는 일은 정찬혁에게 방해가 되지 않게 자리를 피하는 것뿐이었다.

'이겨야 해요, 찬혁 씨.'

들리지 않게 중얼거리며 신유진은 서둘러 두 사람에게서 멀어졌다.

파카각—!

사내의 손톱과 정찬혁의 핸드나이프가 부딪쳤다. 마치 금속끼리 부딪치는 것처럼 파열음이 터져 나왔다.

정찬혁의 눈썹이 꿈틀했다. 사내는 악마의 기운을 갑옷처럼 두르고 공격할 때에는 손끝에 그 기운을 자연스레 집중하고 있었다.

공격이 그리 강하지는 않았지만 고양이처럼 유연하고, 표범처럼 날카롭고 빠른 움직임은 꽤나 까다로운 것이었다.

전혀 예상치 못한 각도에서 공격이 날아드는 경우가 잦았다. 하지만 정찬혁은 차분히 핸드나이프를 휘둘러 공격을 막거나 쳐 냈다.

거의 20여 분 동안 사내는 지치지도 않는지 쉬지 않고 마구잡이로 공격을 했다.

정찬혁은 최소한의 움직임만으로 방어를 하며 사내의 움직임을 자세히 관찰했다.

보통 사람이라면 희미한 자취만 보일 정도로 사내의 움직임은 빨랐다. 하지만 정찬혁에게는 사내의 움직임이 뚜렷하게 보였다.

악마의 기운을 머금은 손톱이 정찬혁의 목덜미를 노리고 왼쪽에서 날아드는 순간, 정찬혁은 한 걸음 앞으로 나서며 핸드나이프를 강하게 떨쳤다.

카캉—!

날카로운 파열음이 터져 나왔다. 사내는 반탄력 때문에 튕겨 나갔다가 허공에서 빙글 공중제비를 돌아 바닥에 착지했다.

사내의 움직임을 모두 파악한 정찬혁이 움직이기 시작했다. 바닥을 박차고 달려나간 정찬혁은 사내가 착지하는 것에 맞춰 핸드나이프를 횡으로 내리그었다.

파칵—

낮은 파육음과 함께 사내의 왼팔이 깊이 베이고 피가 터져 나왔다. 그와 함께 악마의 기운이 약간이나마 허공으로 흩어졌다. 핸드나이프가 상극의 기운을 품고 있기 때문이었다.

괴성을 지르며 사내가 손을 뻗었다. 정찬혁은 자세를 낮춰 날아드는 손을 피함과 동시에 왼손으로 사내의 손목을 잡아채고 오른손으로 팔꿈치를 강하게 밀었다.

우드득!

뼈가 부러지는 소리가 터져 나왔다. 사내가 고통에 찬 괴성을 토해내며 뒤로 물러났다.

그걸로 끝이 아니었다. 정찬혁은 물러나는 사내를 뒤쫓으며 핸드나이프를 내리그었다.

파파팍—

눈 깜짝할 사이에 수십 번이나 핸드나이프를 휘두른 정찬혁은 사내를 스쳐 지나쳤다.

사내의 두 걸음 뒤에 멈춰 선 정찬혁은 핸드나이프에 묻은 피를 허공에 털어내고 날을 접어 주머니에 넣었다. 그리곤 천천히 품속에서 권총을 꺼내들었다.

물러나던 자세 그대로 멈춰선 사내가 괴성을 지르며 돌아섰다. 사내는 온힘을 다해 정찬혁에게 악마의 기운을 머금은 손을 뻗었다

"크아악! 주, 죽어라……!"

툭! 투투툭!

순간 무언가 터지는 소리와 함께 갑작스레 사내의 몸에

피안개가 생겨났다.

온몸에 생겨난 크고 작은 상처들이 피를 뿜어내기 시작한 것이다. 사내의 날카로운 수도는 정찬혁의 뒷덜미에 덜컥 멈췄다.

정찬혁은 슬라이드를 당겨 이블 불릿을 장전하고는 천천히 돌아섰다. 총구가 사내의 미간으로 향했다.

"끝이다."

조용히 중얼거리며 정찬혁은 방아쇠를 당겼다.

타— 앙—!

한줄기 총성이 지하수로에 길게 퍼져 나갔다.

신유진은 그 자리에 주저앉아 눈을 감고 양손으로 귀를 꽉 막고 있었다.

누군가 자신의 어깨에 손을 얹자 천천히 눈을 떴다. 정찬혁이 자신을 내려다보고 있었다. 신유진은 귀를 막은 손을 떼어 내며 물었다.

"끝난… 건가요?"

정찬혁은 대답 대신 아직 온기가 남아 있는 이블 불릿을 내밀었다.

물끄러미 이블 불릿을 바라보던 신유진이 안도의 한숨을 내쉬었다.

정찬혁은 이블 불릿을 신유진의 손에 쥐어 주고는 돌아
서서 천천히 걸음을 옮기기 시작했다.

*   *   *

"젠장! 설마 완전히 빠져나간 건가?"

김 경위는 까득 이를 악물며 중얼거렸다. 최대한의 병력
을 동원해 현장 주위를 완전히 봉쇄하고 오가는 사람들을
철저히 검문했지만 범인은 어디에도 보이지 않았다.

거동이 수상쩍은 자들은 몇몇 있었지만 빈집털이 같은
잡범일 뿐이었다. 이번 기회를 놓친다면 또 얼마나 많은 피
해자가 생길지 생각만 해도 끔찍했다.

"여긴 출입금지입니다. 돌아가십쇼."

"자수하러 왔소. 들이기게 해주시오."

"자수는 무슨. 어디서 좀도둑질이라도 하셨습니까?"

"그게 아니라… 사람을 죽였소."

머리를 감싸 쥐고 괴로워하는 김 경위의 귓가에 현장 봉
쇄 요원과 실랑이를 하는 중년 사내의 음성이 들려왔다.

김 경위는 저도 모르게 벌떡 일어나 그쪽으로 다가갔다.
실랑이를 하고 있는 사내는 누가 봐도 노숙자처럼 보였다.
이상한 것은 옷이 여기저기 찢어지고 검은 얼룩이 가득하

다는 것이었다.

"충성! 근무 중 이상 무!"

김 경위가 가까이 다가오는 것을 발견한 현장 봉쇄 요원이 경례했다.

김 경위는 손을 들어 가볍게 답한 뒤에 노숙자 사내에게 말을 걸었다.

"지금 혹시 사람을 죽였다고 하신 겁니까?"

노숙자 사내의 눈가에 맺힌 눈물이 주룩 흘러 내렸다.

사내는 피로 얼룩진 흰 천을 덮어 놓은 피해자의 시신을 가리키며 파르르 떨리는 입술을 달싹였다.

"예. 제가 죽였습니다. 저 사람들 모두. 제가 죽인 겁니다."

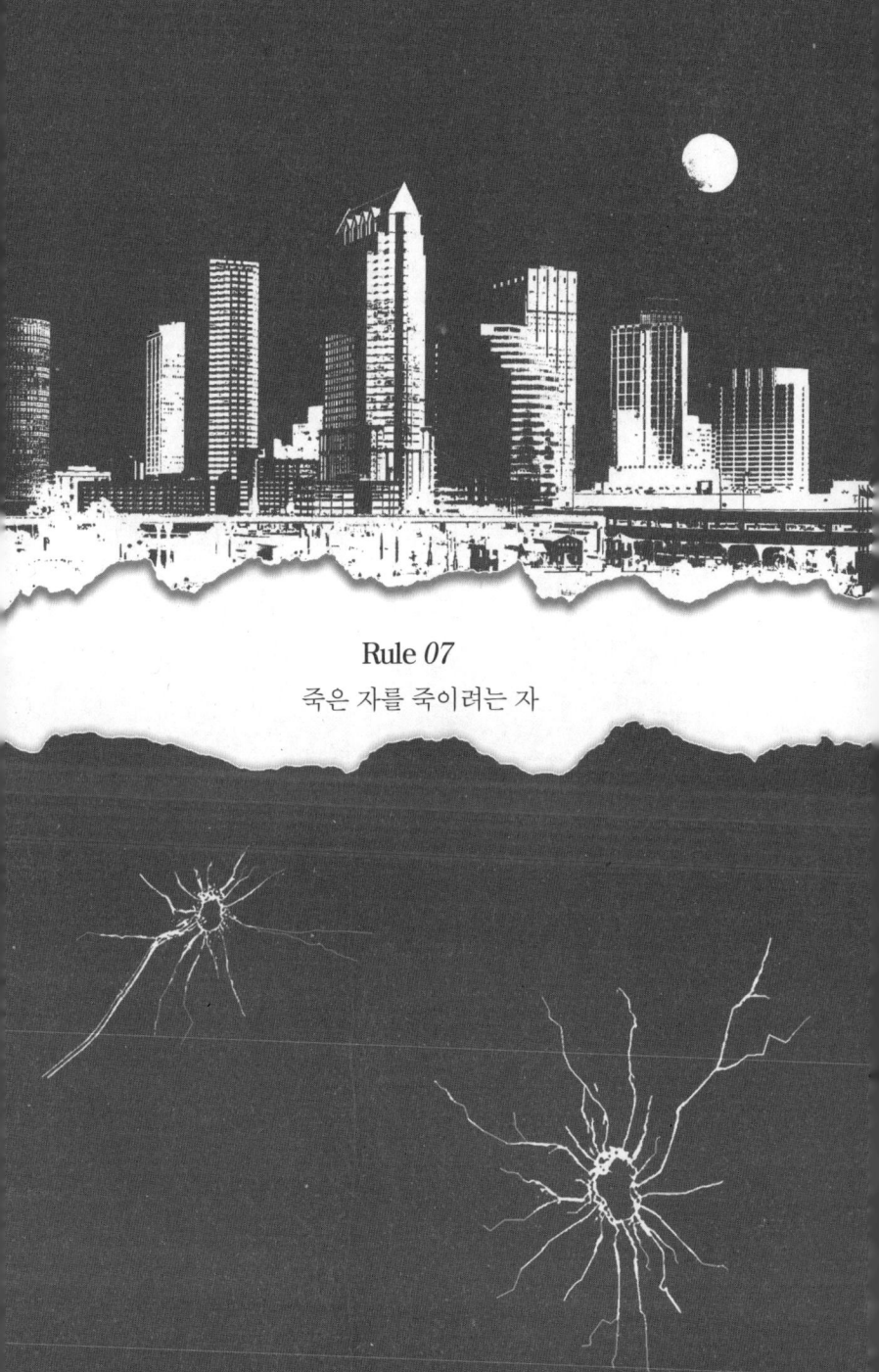

Rule 07
죽은 자를 죽이려는 자

인천국제공항의 로비에서 린은 나직이 한숨을 내쉬며 출입국 게이트를 바라보았다.

　　막 홍콩발 캐세이퍼시픽 CX415 항공기가 도착했다는 안내 방송이 흘러나왔다.

　　"누군지 곧 볼 수 있겠구나."

　　나직이 중얼거리며 린은 출입국 게이트로 천천히 내려가기 시작했다.

　　"암룡을 보내신다는 말씀이십니까, 첸 대인?"

"그렇다. 웨이 놈이 죽었으니 대신할 사람이 있어야 하지 않겠느냐."

"하지만 아시다시피 한국에서는 더 이상 암룡의 힘이 필요치 않습니다. 고급 인력을 이런 곳에서 썩게 하실 셈입니까?"

"못 본 사이에 말대답이 많이 늘었구나, 린."

"그, 그게 아니라……."

"웨이 녀석이 죽은 이유를 알아볼 겸 해서 보내는 거니 너무 부담 갖지 말거라. 명령은 내가 직접 내릴 테니 빈자리나 하나 마련해 주려무나."

"알겠습니다, 대인."

반나절 전에 있었던 첸과의 통화 내용을 떠올리며 린은 거푸 한숨을 내쉬었다.

웨이가 있을 때에도 어떻게 대해야 할지 종잡을 수 없어서 꽤나 고생했던 린이었다.

그런데 또 다른 암룡이 올 거라니. 머리가 지끈거릴 지경이었다.

첸에게 보고를 하진 않았지만 웨이 때문에 진행하던 사업을 그대로 뒤엎을 뻔한 적도 많았다.

지금까지 린이 만나본 암룡은 모두 다섯, 그들 중 정상적인 사고방식을 지니고 있는 자는 아무도 없었다.

수차례 죽음의 위기를 겪은 탓에 암룡은 다들 성격적으로 어딘가 모르게 뒤틀려 있었다.

그나마 가장 정상에 가까운 자가 정찬혁이었다. 무뚝뚝하고 감정 표현을 거의 하지 않기는 했지만 다른 암룡처럼 제멋대로 굴지는 않았었다.

지금 곧 게이트를 통해 나올 암룡도 보나마나였다. 얼핏 보기에는 정상처럼 보이겠지만 언제 어떻게 이상 성격을 드러낼지 모르니 불안하기만 했다.

이름도 얼굴도 모르는 암룡이었지만 첸의 말대로라면 그냥 보기만 해도 알 수 있을 거라고 했다.

커다란 캐리어를 끌고 출입국 게이트를 통과하는 사람들이 하나둘 보이기 시작했다.

린은 '재단법인 진용, 환영합니다!' 라고 쓰여 있는 팻말을 미리 위로 들어보였다.

가족이나 친구를 마중 나온 사람들이 반가워하며 게이트를 나오는 사람들에게 다가갔다.

한참의 시간이 지나도 린을 찾는 사람은 나오지 않았다. 어느새 사람들은 모두 나온 것인지 출입국 게이트가 텅 비었다.

"비행기를 놓친 건가?"

린은 나직이 중얼거리며 팻말을 내렸다. 계속 머리 위로 팻말을 들고 있느라 어깨가 결리고 팔이 아팠다.

한 손으로 어깨를 탁탁 두드리고 있는데 순간 목덜미에 날카로운 무언가가 닿은 느낌이 들었다.

움찔하며 고개를 돌리려는 순간, 낯선 음성이 귓가에 흘러들었다.

"네가 린인가?"

상대가 바로 뒤에 접근할 때까지 린은 아무것도 느끼지 못했다.

자신의 뒤에 있는 상대가 마음만 먹는다면 자신의 목숨을 앗는 것이란 어린아이 손목 비틀기보다 쉽다는 것을 깨달을 수 있었다.

몸을 옥죄어 오는 긴장감에 린은 저도 모르게 침을 꿀걱 삼켰다.

"첸 대인께서 보내신 암룡… 이십니까?"

말을 하는 린의 입술이 파르르 떨렸다. 절로 이마에 식은 땀이 맺혔다.

목덜미에 닿은 날카로운 기운이 사라졌다. 잔뜩 긴장된 근육이 자연스레 이완되었다.

린은 천천히 고개를 돌렸다. 자신보다 서너 살 정도 어려 보이는 인상의 단발머리 여성이 빙긋 미소를 짓고 있었다.

"츠 메이린이라고 해요. 애칭은 린. 올해로 음, 아직 생일이 안 지났으니까 만으로 스물아홉이에요. 아직 서른은 안 넘었다고요. 그러고 보니 애칭이 똑같이 '린'이네요. 앞으로 잘 부탁드려요. 첸 대인께서 린을 참 많이 칭찬하시더라고요. 무슨 일이 있으면 꼭 린에게 의논하라고 하시던데요?"

린은 놀람 때문에 말문이 콱 막혔다.

자신의 목에 닿았던 날카로운 것이 바로 메이린의 손날이었다는 것에 한 번 놀랐고, 눈을 마주치면 그날로 저승행이라고까지 알려진 암룡이 이렇게 수다쟁이 여인이라는 것에 두 번 놀랐다.

가장 놀란 것은 자신보다 훨씬 어려 보이는 동안인데다 두 살이 많다는 것이었다.

함께 시내 봐야 제대로 성격을 파악할 수 있을 것 같긴 하지만 얼핏 보기에도 두통이 밀려오는 것 같았다.

린은 관자놀이를 지그시 누르며 한숨을 내쉬었다.

"이쪽으로 오시죠. 차를 준비해 뒀습니다."

"한국은 이번이 처음인데, 어때요? 저 한국말 참 잘하죠? 꽤 오래 공부했었다고요."

공항 밖에 세워둔 차로 걸음을 옮기면서도 메이린은 수다를 멈추지 않았다.

점점 두통이 심해지는 것 같았다. 이내 차에 도착한 린은 메이린의 짐을 받아 트렁크에 실었다.

뒷좌석 문을 열어주었는데 메이린은 굳이 조수석을 택했다.

"숙소로 모실까요?"

퇴근 시간이 지나 주위가 어둑어둑해질 무렵이라 린은 최대한 감정이 느껴지지 않는 음성으로 물었다.

메이린은 고개를 내저으며 대답했다.

"회사로 가죠. 미리 알아 두는 게 좋을 테니까요."

. "알겠습니다."

린은 그대로 진용 빌딩을 향해 차를 몰았다.

밤늦은 시간이 돼서야 두 사람은 진용 빌딩에 도착했다.

이곳까지 오는 동안 메이린의 수많은 수다를 들어주느라 린은 귀가 따갑고 머리가 지끈거릴 정도였다. 차에서 내리자 순간 현기증에 비틀했다.

"괜찮아요, 린?"

"아, 괜찮습니다. 가시죠. 안내해 드리겠습니다."

린은 손을 들어 살짝 머리를 매만지며 걸음을 옮기기 시작했다.

엘리베이터에 오르자 메이린의 표정이 점점 변해갔다.

밝고 명랑한 표정은 온데간데없어지고 한없이 진지하게 바뀌었다.

눈빛도 차마 마주할 수 없을 정도로 날카롭게 빛났다. 지금까지와는 달리 낮은 음성으로 메이린이 말했다.

"제가 뭣 때문에 한국에 온지 린도 잘 알고 있겠죠?"

"네, 물론입니다."

"웨이 밍의 사체는 돌려받았나요?"

"예, 검찰에서는 사법해부를 하려고 했지만 간신히 돌려받을 수 있었습니다."

"어디 있죠?"

"지금 보시려는 겁니까?"

"물론이죠. 괜히 시간 낭비할 필요 있나요?"

말투도, 성격도 완전히 달라진 메이린의 모습에 린은 짐짓 놀랐다.

이제야 메이린이 암룡이었다는 사실이 믿겨졌다. 앳된 얼굴에 숨어 있는 날카로운 비수 한 자락을 조금이나마 엿본 느낌이었다.

외모에 방심해 빈틈을 보였다간 크게 낭패를 볼 것 같은 기분이 들었다.

린은 흐트러진 마음을 다잡고, 심호흡을 한 후에 12층 버튼을 눌렀다.

"안내해 드리겠습니다."

웨이의 시체는 12층의 대형 냉동고에 보관되어 있었다. 어두운 복도를 지나 냉동고에 들어선 린은 한기를 느끼고 어깨를 흠칫 떨었다.

메이린은 아무렇지도 않은 듯 냉동고의 한가운데에 있는 웨이의 시체에 다가갔다.

불에 탄 시체라 참혹하기 이를 데 없었다. 원래 형체는 분간도 할 수 없고 검게 타고 여기저기 살점이 문드러져 있었다.

메이린은 눈 하나 깜짝하지 않고 손을 뻗어 웨이의 시체를 이리저리 만지고 샅샅이 탐색했다.

워낙에 집중을 하고 있어서 무어라 말을 걸지도 못하고 린은 메이린의 뒤에서 숨을 죽이고 있었다.

옷에 서리가 맺히고 입가에 성에가 끼여 목구멍이 까칠까칠 해질 무렵이 되어서야 메이린은 낮은 한숨을 내쉬며 천천히 돌아섰다.

"죽기 전에 누군가와 싸웠어요. 손발도 제대로 가눌 수 없을 만큼 심하게 당했군요. 불에 타 죽은 게 아니라 스스로 목숨을 끊은 거예요. 자존심 강한 웨이를 이렇게까지 엉망진창으로 만들어 놓다니. 대체 누구죠?"

웨이와 같은 임무를 맡은 적이 몇 번 있었던 메이린이라 그의 성격은 누구보다 잘 알고 있었다.

자신의 실력에 대한 자부심이 강한 만큼 패배를 인정할 수 없었던 것이리라.

그리 길지 않은 시간에 웨이의 정확한 사인을 통찰해 낸 메이린의 모습에 린은 적잖이 감탄했다. 역시나 겉보기와는 달리 암룡은 암룡이었다.

아무런 대답 없이 자신을 바라보는 린의 모습에 메이린은 살짝 인상을 찌푸렸다.

"짐작 가는 바가 전혀 없는 건가요?"

얼음장처럼 싸늘한 메이린의 음성이 비수가 되어 린의 귓가에 틀어박혔다. 퍼뜩 정신을 차린 린은 천천히 입을 열었다.

"모르겠습니다. 웨이 부장님께서 누구를 상대하셨는지는 전혀 짐작 가는 바가……. 아……!"

고개를 내저으려던 린은 순간 무언가를 떠올리고 낮은 탄성을 토해냈다. 메이린의 눈꼬리가 살짝 치켜 올라갔다.

"뭐죠?"

"실은 부장님께서 오래전에 있었던 일을 갑자기 물어보시더군요."

"그게 무슨 일이죠?"

린은 잠시 머뭇거렸다. 웨이에게는 마지못해 이야기를 해주기는 했지만 될 수 있으면 다른 이에게는 알리지 말라고 했던 첸의 말이 떠오른 탓이었다.

"그게……."

망설이는 린을 메이린이 매섭게 추궁했다.

"말해요. 저는 첸 대인에게 이번 일의 전권을 위임받은 몸입니다. 굳이 따지자면 일시적으로나마 첸 대인만큼의 권한이 있다는 뜻이죠. 그런데도 말하지 않을 건가요?"

린은 한 마디도 반박할 수 없었다. 첸은 분명 메이린이 원하는 것을 능력이 닿는 한 모두 도와주라고 하지 않았던가.

린은 나직이 한숨을 내쉬며 천천히 입을 열었다.

"실은 부장님께서 관심을 가지신 것은 3년여 전에 한국에서 벌어진 반란 사건이었습니다."

그렇게 시작된 린의 이야기는 한참 동안 계속되었다.

"그 이야기를 듣고 웨이가 갑자기 휴가를 내고 사라졌다가 시체로 발견된 거로군요."

흥미롭다는 듯 메이린이 중얼거렸다. 린은 가만히 고개를 끄덕였다.

"예, 그렇습니다."

"그 3년 전에 있었다는 반란 사건에 대한 상세한 자료가 남아 있나요?"

"있긴 합니다만… 제 아이디로는 열람이 불가능한 자료입니다. 첸 대인께서 락을 걸어두시는 바람에…….."

"그건 제가 첸 대인께 허락을 받아 두겠어요. 사라지기 전에 웨이가 처리했던 일에 대한 자료도 최대한 상세한 내용으로 부탁드려도 될까요?"

"알겠습니다."

린의 대답에 메이린은 만족스러운 듯 입꼬리를 살짝 말아 올렸다.

그 모습이 너무도 섬뜩한 느낌이 들어 린은 저도 모르게 어깨를 흠칫 떨었다.

"그러면 이제…….."

메이린은 조금 전까지의 냉철한 모습을 완전히 지워 버리고 히죽 미소를 지었다.

"숙소로 안내해 줘요. 볼일은 다 끝났으니까요. 근데 오늘 저녁은 뭘 먹을 거예요? 기내에서 콜라 한 잔 마신 게 오늘 먹은 전부 거든요. 뱃가죽이 등에 달라붙을 지경이라니까요?"

너무도 급작스러운 메이린의 변화에 린은 짐짓 당황했

다. 극과 극을 오가는 메이린의 성격은 도저히 감당할 수 없을 지경이었다.

아예 사람이 변한 듯 메이린은 나이에 어울리지 않는 발랄한 걸음걸이로 엘리베이터로 향했다.

반쯤 넋을 놓은 얼굴로 멍하니 그 모습을 바라보던 린에게 메이린의 재촉이 들려왔다.

"뭐해요? 나 배고프다니까요?"

"아, 알겠습니다. 근처 한식당으로 모시겠습니다."

퍼뜩 제 정신을 차린 린은 후다닥 메이린을 따라 엘리베이터에 올랐다.

정신 바짝 차리지 않으면 제 페이스를 잃고 크게 실수할지도 모른다는 생각에 린은 저도 모르게 소리 나게 침을 꿀꺽 삼켰다.

웨이와는 다른 의미로 상대하기 벅찬 암룡이었다.

* * *

신유진은 세 번째 이블 불릿을 장식장에 가지런히 세워 놓았다.

이블 불릿이 흡수한 악마의 기운이 서로 동조해 파르르 몸을 떨었다. 가만히 그 모습을 바라보며 신유진은 길게 한숨을 내쉬었다.

"앞으로 21개만 더 모으면……."

신유진이 간절히 바라고, 바라는 일을 이루려면 이블 불릿 24개가 필요했다.

지금까지는 생각보다 그리 어렵지 않게 이블 불릿을 회수할 수 있었다. 하지만 예상치 못한 변수가 하나씩 늘어만 갔다.

두 번째에 있었던 물리력 행사나, 이번 세 번째에 벌어진 숙주 전이가 변수 중 하나였다.

앞으로 또 어떤 변수가 나타날지 모르니 악마의 기운을 회수하는 일은 점점 힘들어질 터였다. 문제는 정찬혁이 얼마나 버텨주느냐였다.

보통 인간의 너덧 배 이상의 육체적 능력을 지니긴 했지만 몸 자체는 시체나 다름없는, 언제 무너질지 모르는 너무나 불안한 상태였다.

자신의 힘을 주입해 간신히 균형을 유지하고 있기는 했지만 언제, 어떤 것이 계기가 되어 균형이 깨질지 모르는 일이었다.

몸을 유지하는 기운의 균형이 깨진다면 정찬혁의 몸은 그 자리에서 가루가 되어 사라져 버릴 것이다.

그런 최악의 사태를 막기 위해서도 최대한 많은 이블 불릿을 회수해야만 했다.

가만히 이블 불릿을 바라보며 신유진은 나직이 중얼거렸다.

"정말 탐지기라도 만들어야 할까 봐."

＊　　　＊　　　＊

"젠장! 미꾸라지 같으니라고."

한윤철은 연신 불평을 토해내며 거칠게 서류철을 책상에 내던졌다.

최대한 공식적인 자료를 끌어모아 명륜실업과 재단법인 진용의 커넥션을 밝히고 압박을 주려던 한윤철의 계획은 처음부터 허무하게 박살 나버렸다. 재단법인 진용이 먼저 선수를 쳐버린 것이다.

최상급 변호인단과 수많은 경우의 수를 시뮬레이션 해본 것인지 파고들 구멍이 전혀 없었다.

그저 업무적인 계약 관계인데다 진용에서는 투자를 했을 뿐 실질적인 회사의 운영이나, 실질적인 사업에는 아무런 관여도 하지 않았다는 계약서 조항도 있었다.

헤로인이 가득한 창고에서 불에 타죽은 시체의 신원이 진용의 영업 부장이라는 것을 알아내고 어떻게 된 거냐고

따져 보았지만 역시나 철벽 방어였다.

사원이 휴가 중에 무슨 일을 하고 다니는지는 회사에서 참견하지도, 감시하지도 않는다는 답변이 왔다.

혹여 직원이 불법적인 일을 했다고 해도 휴가기간 중에 생긴 일이니 회사로서는 어떤 책임도 없다고도 했다.

아무래도 시신의 상태가 불에 타죽은 거라고 하기에는 미심쩍은 부분이 많아 사법해부를 하려 해보았지만 유족과 진용의 반대로 어쩔 수 없이 시신을 반환해야 했다.

또다시 벽에 부딪친 한윤철은 맥없이 물러나야 했다. 헤로인과 장기 밀매 건으로 한때나마 구룡회에 근접했다고 생각했었는데 다시 원점으로 돌아와 버린 것이다.

거푸 한숨을 내쉬던 한윤철은 무슨 생각이 들었는지 문득 책상 서랍에 있는 외장하드를 꺼냈다.

그동안 모아온 구룡회에 대한 자료가 가득 저장되어 있는 외장하드였다.

한윤철은 마우스를 클릭해 자료들을 처음부터 하나하나 차근차근 읽어 내렸다. 그러다 문득 한 카페의 입구를 찍은 사진에서 커서를 멈췄다.

"응? 뭐지 여긴……?"

분명 자신이 찍은 사진일 텐데 기억이 나지 않았다. 카페와 관련된 자료는 사진 두어 장과 한 페이지 정도의 글귀였다.

다른 사진은 카페 주인과 단골손님처럼 보이는 여성, 그리고 지금은 행방을 알 수 없는 구룡회의 조직원 알렉스 리의 것이었다.

"내가 이런 사진을 찍었던가?"

처음부터 차분히 기억을 더듬어 봤지만 언제 찍은 사진인지 생각이 나지 않았다.

한윤철은 작게 헛기침을 하며 한 페이지 분량의 글귀를 읽었다.

─마오의 오른팔, 알렉스 리와의 관계가 의심됨. 카페 베아투스의 마스터, 정찬혁의 과거 이력에는 의심할 바 없음. 단골손님인 신유진에게도 구룡회와의 연결점은 전무함. 이렇다 할 증거는 전혀 없지만 가끔 이유 없이 카페를 쉴 때가 있음.

××년 4월 23일 미행 중 자취를 감춤. 라이온스 그룹의 사건과 관련성 조사 요망.

…등등의 내용이 쓰여 있었다. 간략한 메모 작성 스타일로 보아 자신이 직접 쓴 것은 틀림없었다.

그런데 이런 사실을 잊고 있었다니. 초임 검사 때 맡았던 사건의 상세 내용과 피해자, 피의자의 신상정보까지 어느 정도 기억하고 있는 한윤철이었다.

그런데 얼핏 보기에도 의심이 갈 만한 이런 사실을 까맣게 잊고 있었다는 것은 말도 안 되는 일이었다.

게다가 이상한 점은 한 가지 더 있었다.

카페 베아투스의 주소지는 종로구 가회동, 헌법재판소 인근이었다.

며칠 전 자신이 정신을 잃고 눈을 뜬 곳도 헌법재판소 뒤쪽의 골목이었다.

무언가 묘하게 연결될 듯 말 듯했다. 그때 자신이 쓰러져 있었던 것이 어쩌면 이 자료에 대한 기억을 잃은 것과 관련이 있는지도 몰랐다.

한참을 뚫어져라 자료를 바라보던 한윤철은 천천히 몸을 일으켰다.

어찌 됐든 한 번 부딪쳐 보는 게 이렇게 고민하고 있는 것보단 나을 것이다.

한윤철은 점퍼를 걸치고 밖으로 걸음을 옮기기 시작했다.

"저 잠깐 나갔다 오겠습니다."

카페 베아투스의 입구는 사진과 거의 달라진 게 없었다. 그간의 세월이 느껴질 정도로 조금 낡았을 뿐이었다.

한윤철은 심호흡을 하며 천천히 베아투스의 문을 열었다. 딸랑, 하며 왠지 귀에 익은 방울 소리가 들려왔다.

사진에 찍혀 있는 신유진이라는 여자가 서빙을 하고 있었다.

"어서 오세요. 이쪽으로 앉으시겠어요."

순간적으로 멈칫한 신유진이었지만 한윤철은 그것을 눈치채지 못하고 안내에 따라 빈자리에 앉았다.

"아메리카노, 한 잔 부탁드립니다."

"주문 받았습니다. 잠시만 기다려 주세요."

신유진은 물 잔을 내려놓으며 한윤철과 눈을 마주쳤다. 눈빛을 보아하니 기억이 돌아온 것 같지는 않았다. 그저 무언가를 확인해 보고 있는 눈빛이었다.

'따로 모아둔 자료가 있나보네? 실수했군.'

한 번 더 남은 기운을 쥐어 짜내야 할 것 같은 예감에 신유진은 저도 모르게 길게 한숨을 내쉬었다.

"응? 내가 왜 이러고 있는 거지?"

한윤철은 마우스 스크롤을 하며 고개를 갸웃했다. 모니터에는 언제 파일을 연 것인지 수년간 자신이 모아온 구룡회에 대한 자료들이 나열되어 있었다.

컴퓨터에는 외장하드가 연결되어 있었다. 하도 답답한

나머지 무의식적으로 외장하드를 꺼낸 모양이었다. 한윤철은 허탈한 미소를 지으며 중얼거렸다.

"허, 참! 이것도 병이지, 병이야."

외장하드를 분리해 서랍 깊숙이 쑤셔 넣으며 한윤철은 뒷머리를 벅벅 긁었다.

자신이 정신을 차리기 전과 그 직후의 자료가 내용이 약간 달라졌다는 것은 한윤철로서는 절대 알 수 없는 일이었다.

*　　*　　*

"부탁드립니다, 첸 대인."

메이린은 무릎을 꿇은 자세로 허리를 숙이며 말했다. 수화기에서 첸의 음성이 조용히 흘러들었다.

─그 자료는 나만 열람할 수 있게 만든 특급 기밀이다. 왜 그게 필요하다는 거지? 이미 다 끝난 일을 들춰내서 어쩌자는 게냐?

"웨이 밍 녀석의 죽음과 관련된 일입니다. 그 자료를 봐야만 제대로 된 진상을 알아낼 수 있을 겁니다."

─그 두 사건이 무슨 관계가 있다는 거냐?

"웨이 밍은 린에게서 그날의 일을 전해 듣고 나서 급히 휴가계를 제출했다고 합니다. 정황으로 보아 직전에 맡은 배신자 제거 임무 중 어떤 정보를 듣고 그것을 확인하기 위해 린을 추궁한 것으로 보입니다."

―그래서?

"3년 전의 일을 자세히 알 수 있다면 웨이 밍의 죽음에 어떤 자가 관련되어 있는지 밝혀 낼 수 있을 겁니다."

메이린의 말에 첸은 한동안 아무런 대답도 없었다. 메이린은 조심스레 첸을 불렀다.

"대인?"

이내 천천히 첸의 낮은 음성이 들려왔다.

―알겠… 다. 네 아이디를 일시적으로 열람 허용해 놓겠다. 지금부터 단 한 시간만 허용해 놓을 테니 그 안에 모두 살펴 보거라.

"감사합니다, 대인!"

―그럼 먼저 끊으마.

첸이 전화를 끊은 후에도 메이린은 한참 동안이나 수화기를 귀에다 대고 있었다.

5분여가 지난 후에야 휴대폰을 바닥에 휙, 내던진 메이린은 노트북을 가져와 구룡회의 비밀 전산망에 접속했다.

첸의 말대로 그동안 열람 불가 표시가 되어 있던 자료 하나가 열람 가능으로 바뀌어 있었다.

더블 클릭을 하자 3년 전 반란 사건에 대한 상세한 기록이 천천히 화면에 떠오르기 시작했다.

메이린은 입꼬리를 살짝 말아 올린 채 허용된 시간이 다할 때까지 자료를 반복적으로 읽고, 또 읽었다.

"여기 부장님께서 마지막으로 하신 임무에 대한 자료입니다."

린이 숙소로 들어오며 서류철을 가져왔다. 메이린은 기다렸다는 듯 린에게 달려들며 서류철을 낚아챘다.

메이린의 맹렬한 기세에 린은 저도 모르게 뒷걸음질 쳤다. 하지만 메이린은 서류철에만 관심을 쏟았다.

메이린은 주문을 외우는 것처럼 무어라 중얼중얼거리며 서류를 천천히 넘겼다. 그러다 무언가 떠오른 듯 짧게 소리쳤다.

"아앗!"

갑작스러운 외침에 린은 귀가 아파 저도 모르게 살짝 인상을 찌푸렸다.

메이린이 휙 하고 린에게 고개를 돌렸다.

"린! 그때 그자가 죽은 거 확인했나요?"

"예?"

"3년 전 그 사건 말이에요! 그 배신자 시체 확인했나요?"

잠시 생각하던 린은 고개를 내저었다.

"아뇨. 숨이 끊어지기 전에 첸 대인께서 매립지로 내다 버리라고 하셔서. 그래도 살 수 있는 상태가 아니었습니다. 총탄 너덧 발이 몸에 박힌 데다 폐까지 관통 당했습니다. 그런 상태에서 살아남을 수 있다면 인간이 아니라 불사신 이겠지요."

"그래도 숨이 붙어 있는 상태에서 매립지에 버린 것 확실한 거죠?"

"방금 말씀드렸다시피 첸 대인께서 그리 명령하셨습니다. 저는 확실히 하고자 머리에 총을 쏘려고 했습니다만……."

"역시……."

"부장님도 그랬지만 대체 왜 그 일에 관심을 가지시는 겁니까?"

린의 질문에 메이린은 섬뜩하리만치 차가운 미소를 지으며 천천히 입을 열었다.

"그 배신자… 정찬혁은 아직 죽지 않고 살아 있을 가능성이 높아요. 웨이는 아마 배신자를 처리하러 간 곳에서 그 사실을 우연찮게 들은 거겠죠. 서린 종합병원에서의 일이나 명륜실업의 일 모두 정찬혁이라는 자가 저지른 일일 테죠. 우리 일을 망쳐 놓으면 첸 대인이 모습을 드러낼 거라고 생각하는 게 뻔히 보이네요."

"그럴 리가 없습니다. 그자는 분명 죽었⋯⋯."

"같은 훈련을 받은 암룡이 아닌 한, 이 세상 어느 누구도 암룡을 굴복시킬 수 없어요. 그걸 린, 당신도 잘 알고 있을 텐데요? 그게 아니면 구룡회가 아닌 다른 조직에서 암룡보다 뛰어난 자들을 길러냈을 거라고 말하고 싶은 건가요?"

"그, 그건⋯⋯!"

린은 말문이 막혔다. 암룡을 쓰러뜨릴 수 있는 것은 같은 암룡밖에 없다.

그것은 공공연한 사실이었다. 전 세계 어디를 뒤져 보아도 암룡처럼 생존율이 채 1할도 되지 않는 가혹한 훈련을 거쳐 킬러로 길러진 자들은 없었다.

전 세계의 이름난 수사기관이 힘을 합쳐 총력을 기울여도 암룡을 막지 못했다.

뒷세계에서 암룡이란 '죽음의 신'을 이름이나 마찬가지였다.

"어쩌면 첸 대인께서 그자를 일부러 살려두신 걸지도 모르겠군요. 배신자에게는 아무런 자비도 없는 첸 대인께서 그런 자비를 베푸시다니. 어디 한번 직접 여쭤 볼까요?"

여전히 냉소를 머금은 채 메이린은 천천히 휴대폰을 들고 재다이얼 버튼을 눌렀다.

메이린은 외부 스피커 버튼을 누르고 휴대폰을 내려놓았다.

뚜르르— 뚜르르르—!

몇 번의 신호음이 간 끝에 누군가 전화를 받았다.

—또 무슨 일인 게냐, 메이린?

첸의 음성이 스피커를 타고 흘러나왔다. 린은 숨이 탁 막히는 것 같은 답답함을 느끼고 주먹으로 가슴을 쳤다.

메이린은 입꼬리를 말아 올리며 천천히 입을 열었다.

"첸 대인께 여쭙고 싶은 게 있어서 이렇게 다시 연락드렸습니다."

—…말해보거라.

이상하게도 스피커로 전해지는 첸의 음성이 파르르 떨리는 것 같았다. 메이린의 입고리가 더욱 둥글게 말려 올라갔다.

"3년 전 첸 대인을 배신했던 그자, 정찬혁이라는 암룡을 왜 살려두신 겁니까?"

곧바로 대답이 들려오지 않았다. 그것만으로도 충분히 대답이 되었다.

메이린의 말대로 정찬혁은 아직까지 살아 있다는 뜻이었다.

린은 믿기지 않는다는 듯 눈을 크게 치켜떴다. 조용히,

아주 조용히 첸의 음성이 들려왔다.

—어쩔 셈이냐, 메이린……

"그자, 제가 죽여도 되겠지요?"

살기가 가득 담긴 메이린의 음성에 린은 본능적인 두려움을 느끼고 파르르 몸을 떨었다. 첸의 대답이 조용히 스피커를 타고 흘러나왔다.

—네 실력으로 가능하다면 네 마음대로 해보거라.

"죽지 못해 살아 있는 자가 감히 제 상대가 될 거라고 생각하시는 겁니까?"

—글쎄……

"그럼 허락으로 알고 있겠습니다. 아참, 그리고 대인께서 배신자에게 베푸신 자비심은 그자를 죽인 후에 다른 장로들께 소상히 보고하겠습니다. 그럼 이만."

메이린은 첸의 대답도 듣지 않고 전화를 끊었다.

린은 여전히 놀란 얼굴로 그 자리에 주저앉아 있었다. 죽은 줄 알았던 정찬혁이 살아 있었다니.

첸이 아닌 다른 사람이 그런 말을 했다면 절대 믿지 않았을 린이었다.

설혹 정찬혁이 진짜로 살아 있다고 해도 첸이 아니라고 말했다면 첸의 말을 믿었을 것이다.

그런데 첸은 부정하지 않았다. 살아 있는 정찬혁을 다시 죽여도 되겠느냐는 메이린의 질문에도 마음대로 해보라고 대답했다.

그 또한 정찬혁이 살아 있다는 것에 강한 무게를 실어 주었다.

린의 눈가에서 한줄기 눈물이 주룩 흘러 내렸다. 린은 손을 들어 볼을 적신 눈물을 만졌다. 이상했다. 그저 배신자에 불과한 정찬혁이었다. 자신의 손으로 직접 죽이려고까지 했던 자였다.

그런데 정찬혁이 살아 있다는 말에 린은 저도 모르게 눈물을 흘렸다. 도무지 자신의 상황을 이해할 수 없는 린이었다.

'그가 살아 있었다고……?'

다시 한줄기 눈물이 린의 뺨을 적셨다.

*　　　*　　　*

칭—!

낮은 파열음과 함께 마른 헝겊으로 물기를 닦아내고 있던 머그컵의 이가 나갔다.

정찬혁은 고개를 갸웃하며 머그컵을 내려놓았다. 순간 찬장에 진열되어 있던 유리컵 하나가 바닥에 떨어져 박살

났다.

챙그랑!

깨진 유리컵을 치우려고 한쪽 무릎을 꿇은 정찬혁은 문득 예전에도 지금과 비슷한 일이 있었던 것이 떠올랐다.

그때는 무언가 불길한 예감이 잔뜩 느껴졌었는데 지금은 별다른 느낌이 없었다.

그저 깨진 유리조각을 치워야겠다는 생각만 들 뿐이었다.

"뭐예요? 컵 깨먹은 거예요? 에이, 사람이 칠칠맞지 못하게스리."

막 카페 안으로 들어서던 신유진이 깨진 유리컵을 보고는 한숨을 내쉬며 구시렁댔다.

정찬혁은 말없이 손을 뻗어 유리 조각을 하나씩 조심스레 집어 들었다.

큰 조각은 모두 덜어낸 정찬혁은 휴지에 물을 묻혀 잘게 깨진 유리 조각을 훔쳐냈다.

깨진 유리를 모두 치운 정찬혁은 쓰레기통에 파편들을 모두 털어 넣고는 다시 컵의 물기를 닦아내기 시작했다.

피식 미소를 지으며 신유진이 그 옆에 서서 정찬혁의 일을 말없이 도와주었다.

두 사람은 아무도 눈치재지 못했다. 깨진 유리 조각 하나가 바닥에 깊이 박혀 뾰족한 머리를 불쑥 들이밀고 있음을.

희미한 카페의 조명에 바닥에 박힌 유리는 날카로운 빛을 번뜩였다.

『짐승의 규칙』 3권에 계속…

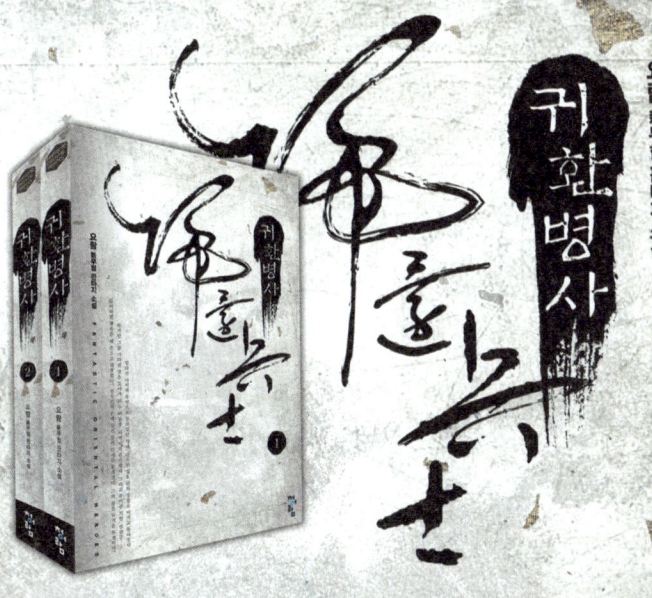

요람 新무협 판타지 소설 FANTASTIC ORIENTAL HEROES

귀환병사

국내 최대 장르문학 사이트를 휩쓴 화제작!
여름의 더위를 꿰뚫으며 차가운 북방에서 그가 온다.

『귀환병사』

열다섯 나이에 북방으로 끌려갔던 사내, 진무린
십오 년의 징집을 마치고 돌아오다.

하지만 그를 기다린 것은 고아가 된 두 여동생, 어머니의 편지였다.
그리고 주어진 기연, 삼륜공……

"잃어버린 행복을 내 손으로 되찾겠다."

**진무린의 손에 들린 창이 다시금 활개친다.
그의 삶은 뜨거운 투쟁이다!**

Book Publishing CHUNGEORAM

유행이 아닌 자유추구 -
WWW. chungeoram.com

FUSION FANTASTIC STORY

HUNTER MOON

헌터 문

이훈 장편 소설

보름달이 떠오르면 밤의 사냥이 시작된다.
헌터문(Hunter-Moon), 사냥꾼의 달.

귀개의 밤이 열리며 저물지 않는 달이 떠올랐다.
실체 없는 힘을 좇아 명맥을 이어온 퇴마사들.

이제 그들로 인해 세상이 뒤바뀐다.
[미녀들과 귀신 탐험대]의 사이비 퇴마사 예웅종과
그의 가족들이 펼치는 좌충우돌 퇴마기!

"퇴마사는 얼어 죽을! 그거 다 쇼야!"
"저기 하늘에 구멍이 뚫렸는데요?"
"으잉?"

Book Publishing CHUNGEORAM

유행이 아닌 자유추구 -
WWW.chungeoram.com

허담 新무협 판타지 소설

FANTASTIC ORIENTAL HEROES

수선경

水仙經

작은 샘이 바다로 모여들 듯,
만류의 법이 하나로 회귀하듯,
다섯 개의 동경이 드디어 하나로 모인다.

검을 만드는 사람과
검을 쓰는 사람,
그리고 검을 버리는 사람의 이야기!

천명을 타고 태어난 **청풍**과 **강검산**
그리고 혈로를 걸어온 살수 **타유**,
그들이 다섯 줄기의 피의 숙명과 마주한다.

Book Publishing CHUNGEORAM

유행이 아닌 자유추구 -
WWW.chungeoram.com